U0140934

奥运·创意丛书

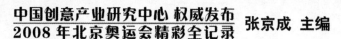中国创意产业研究中心 权威发布
2008 年北京奥运会精彩全记录　张京成 主编

和谐奥运
一次天人合一的盛会

李永进 主编

科学出版社

北京

图书在版编目（CIP）数据

和谐奥运：一次天人合一的盛会/李永进主编．—北京：科学出版社，2008

（奥运·创意丛书/张京成主编）

ISBN 978-7-03-021498-0

Ⅰ. 和… Ⅱ.①李… Ⅲ. 奥运会－概况－北京市 Ⅳ. G811.21

中国版本图书馆 CIP 数据核字（2008）第 041437 号

责任编辑：王　建　侯俊琳　王新玉／责任校对：陈玉凤
责任印制：钱玉芬／封面设计：无极书装

科 学 出 版 社 出版
北京东黄城根北街 16 号
邮政编码：100717
http://www.sciencep.com

源海印刷有限责任公司 印刷
科学出版社发行　各地新华书店经销

*

2008 年 4 月第 一 版　　开本：B5（720×1000）
2008 年 4 月第一次印刷　　印张：9 1/2
印数：1— 3 500　　字数：173 000

定价：**28. 00** 元
（如有印装质量问题，我社负责调换〈环伟〉）

总序

奥运铸就梦想　创意改变生活

　　创意是人类在几千年文化积淀后思维智能拓展的结果；创意产业是具有一定文化内涵的，来源于人的创造力和聪明智慧的，通过科技的支撑作用和市场化运作可以被产业化的活动的总和。如果说，奥运本身是一个创意，那么，当代奥运则是创意这一智能型新兴产业神奇组合的经济魔方之一。它不仅彰显着"更快、更高、更强"的体育精神，而且是推动科技进步，促进社会发展，构建和谐社会的催化剂。奥运中的每一项新科技、新思维和新创意在铸就中华民族伟大奥运梦想的同时，也在悄悄改变着我们的生活。

　　"绿色奥运，科技奥运，人文奥运"是北京奥运的三大理念。其中，绿色奥运全方位考虑物质绿色和意识绿色，促进自然环境、生态环境、人类社会的协调发展；人文奥运以文化为基础，强调创造性的战略实践；科技奥运关注科学，以科学思想统领奥运战略，体现现代化。三者相互独立、相互影响，是创意产业推动面向未来、创造未来的系统工程。创意产业作为一种新兴的产业形态，在一些地区已经率先发展起来，并逐渐成为推动地方经济发展、弘扬地方文化的重要组成部分。当前，在我国大力提倡建设创新型国家、构建和谐社会的背景下，发展创意产业已是大势所趋。北京奥运作为以创意为核心、以体验为基础、以注意力为目标，依托当代高科技和传播媒介的智能型产业，成为推动我国创意经济发展的绝好机遇，更应枕戈待旦、全力以赴。

　　以创意之势铸就奥运辉煌，以奥运辉煌推动经济发展是我们每个人的期盼。如何在奥运与创意之间找到契合点，探索奥运与创意在改变百姓生活中的作用，是我们长久以来思考的问题。最终，我们决定利用2008年北京奥运会这一千载难逢的机遇，把奥运与创意结合起来，做一套浅显易懂、图文并茂的丛书，让奥运与创意走进百姓生活，为北京奥运贡献一点绵薄之力。

　　本丛书把与奥运会相关的科技、人文、绿色、创意、和谐、财富、安全等相关内容一一作为主题，通过各种方式深入浅出地分析这些要素与奥运的关系，并以"北京奥运"的全景描述为收官之作，展现一个全新的奥运，使每个读者重新认识奥运、走进奥运、思考奥运、理解奥运。

　　由于水平有限，能力和眼界可能无法达到读者的要求，不足之处恳请不吝赐教，以利于我们进一步提高水平，为更多读者提供更多、更好的作品。

"奥运·创意"丛书编委会

前　言

2001 年 7 月 13 日，国际奥委会在俄罗斯莫斯科通过了北京 2008 年第 29 届奥运会举办权的申请。这标志着奥林匹克运动在我国的发展进入了一个崭新的阶段，奥林匹克运动和奥林匹克精神将在中华大地上大放光彩，象征"和平、友谊、进步"的奥林匹克圣火将在龙的故乡熊熊燃烧。

2008 年奥运会应当是一届什么样的奥运会？北京提出了一系列与之有关的概念、理念或目标，如"新北京，新奥运"，"绿色奥运、科技奥运、人文奥运"，"同一个世界　同一个梦想"。这些提法无疑都是正确的，它们从不同层次、不同领域为北京奥运会的目标和实现目标的标准做出规定。但是综观全局，似乎还缺少一个对这届奥运会进行整体定位的概念。我们之所以需要这样一个概念，不仅是为了将上述既有的各种概念、理念、口号统合起来，而且是为了给这届奥运会的筹办以明确的努力方向，将各方面的力量整合起来。这个具有定位意义的概念就是"和谐奥运"。

一个富足祥和、人人各尽所能各得其所而又和谐相处、充满活力的社会一直是中华民族始终追寻的理想社会。构建社会主义和谐社会是由中国共产党深思熟虑后提出来的，它充分地认识了当前中国社会中种种不和谐现象的存在，决心在未来的发展中实行符合现代社会客观发展规律的政策和措施，从而使社会进入更具活力、良性运行的状态，实现国家的长治久安。在和谐社会的背景下筹备和举办奥运会无疑可以使奥林匹克精神得到最好的传承和发展。

全书共五章。第一章提出了和谐奥运，反映了时代的脉搏，顺应了历史的潮流，是北京奥运会的总战略。无论是古代奥运会还是现代奥运会和北京 2008 年奥运会都蕴含着深刻的和谐思想。同时，和谐奥运也是和谐社会的催化剂，在构建和谐社会的时代背景下提出举办和谐奥运的概念有着非常重大的现实意义。第二章，奥运会强调的是公平竞争，在奥运会进入 21 世纪的时候，国际奥委会主席罗格提出了"更干净、更人性、更团结"的新格言，这是时代的要求，也是奥运会自身发展的要求。兴奋剂一直是奥运会上空的一团乌云，这与和谐奥运的精神内涵是相违背的。当然，奥运会在有些时候也会成为国家之间进行外交的纽带。第三章，奥运志愿者在历届奥运会中扮演着奥运会"后勤部长"的重要角色，北京奥运会志愿者行动计划将确保北京 2008 年奥运会的顺利开展，在"好运北京"测试赛上，各种职责的志愿者为我们交上了一份满意的答卷。第四章，我们大多数人看到的比赛场面大多都是通过媒体传播给我们的，赛事报道无疑成为奥林匹克的第二赛场，怎样能够做到报道的和谐是本章关心的问题。第五章，参与奥运，人人有责，只有整个社会动员起来，我们才能举办一次真正和谐的奥运会。因此，无论是单位、社区、校园、家庭、个人都应该严格约束自己。

此书在编写过程中参阅了北京奥组委的一些官方文件，引用了一些国内期刊、文献的资料，充实和丰富了本书的内容，借此机会向有关的作者表示衷心的感谢。

由于时间仓促和编者水平有限，书中一定存在一些错误和不妥之处，敬请读者批评指正。

目　录

第一章

和谐奥运——北京的角色与职责

    2001 年 7 月 13 日，国际奥委会在俄罗斯莫斯科以大多数票通过了北京市 2008 年第 29 届奥运会的举办权的申请。这标志着奥林匹克运动在我国的发展进入了一个崭新的阶段，奥林匹克运动和奥林匹克精神将在中华大地上大放光彩，象征"和平、友谊、进步"的奥林匹克圣火将在龙的故乡熊熊燃烧。随着雅典奥运会的结束，世界的目光转向北京，国人对 2008 年北京奥运会投入了极大的热情，寄托了极大的希望。而 2008 北京奥运，也承载着传承和超越奥林匹克精神的历史使命。

    《奥林匹克宪章》指出："奥林匹克运动的宗旨是，通过开展没有任何形式的歧视并按照奥林匹克精神——以相互理解、友谊、团结和公平比赛精神的体育活动来教育青年，从而为建立一个和平而更美好的世界做出贡献。"奥林匹克运动的创始者们希望这一伟大的社会活动能够促进人的和谐发展，能够促进国与国、民族与民族、人与人之间的沟通与协作，进而为建立一个和平的、更加美好的世界服务。和谐奥运是奥林匹克精神的灵魂。

    和谐奥运不仅抓住了奥林匹克精神的精髓，同时也为弘扬与发展奥林匹克和谐精神提供了一个平台。它体现了彰显和谐精神的奥林匹克主义与崇尚和谐思想的中国文化的相互契合，即二者都主张"以人为本"，以人为中心，以人为目的；都强调对伦理秩序和道德规则的遵守，彼此间存在着相融与共通之处。所以，北京奥运是对奥林匹克和谐精神的传承和发展。

    2008 年北京奥运会无论对中国还是对世界，都是一次难得的历史机遇。无论是来自中国的内部需要，还是来自以国际奥委会为代表的国际社会的外部需要，都要求北京奥运会发挥更多的作用。因此，北京奥运会需要以"和谐奥运"的理念统领全局，整合已有概念体系，进一步明确作为奥运会举办国应扮演的角色和履行的职责，并以此促进"和谐社会"的构建。

一、和谐奥运的提出——应时而生

（一）和谐奥运——北京的战略定位

2008 年奥运会应当是一届什么样的奥运会？北京提出了一系列与之有关的概念、理念或目标，如"新北京，新奥运"，"绿色奥运、科技奥运、人文奥运"，"同一个世界　同一个梦想"，进而对这届奥运会的标准做出了"有特色、高水平"的概括。"有特色"就是"中国风格、人文风采、时代风貌、大众参与"。"高水平"是指高水平的体育场馆设施和竞赛组织工作、要有高水平的开幕式及文化活动、要有高水平的媒体服务和良好的舆论评价、要有高水平的安全保卫工作、要有高水平的志愿者队伍和服务、要有高水平的交通组织和生活服务、要有高水平的城市文明形象以及各国运动员创造优异成绩。

这些提法无疑都是正确的，它们从不同层次、不同领域为北京奥运会的目标和实现目标的标准做出规定。但是综观全局，似乎还缺少一个对这届奥运会进行整体定位的概念。我们之所以需要这样一个概念，不仅是为了将上述既有的各种概念、理念、口号统合起来，而且是为了给这届奥运会的筹办以明确的努力方向，将各方面的力量整合起来。这个具有定位意义的概念就是"和谐奥运"。也许我们没有必要大张旗鼓地宣传这一概念，使它家喻户晓，没有必要将其列入各种奥运知识竞赛中，但是它确实应当成为我国举办这届奥运会的战略目标，因为它兼顾到中国的内部需要和奥运的外部需要，也是两种需要共有的结合点。

1. 和谐奥运——中国社会的需要

将北京奥运会办成一届"和谐奥运"，是我国构建和谐社会的需要。中国的改革是由经济领域启动的。在 30 年的持续改革中，经济逐渐取代了政治，成为中国社会发展的第一推动力，特别 1992 年将中国经济体制改革的目标确定为建立社会主义市场经济体制以来，市场经济开始成为社会发展的主导力量，中国社会进入了一个剧变时期。从 1978～2007 年，中国国内生产总值从 1473 亿美元增长到 246 619 亿美元，市场经济在中国的迅速发展取得以下结果：

1）经济快速发展，民众得到实惠。目前我国已进入人均 GDP2460 美元阶段。世界银行指出，中国是消除贫困的典范，在国际上树立了一个榜样，其贫困人口由 1978 年的 2.5 亿人，减少到 1993 年的 8000 万人，再降至 2001 年 2927 万人。2002 年党的"十六大"报告提出，要在 21 世纪头 20 年继续致力于全面建设小康社会目标。

2）中国经济融入世界经济体系。2001年11月11日中国加入WTO是中国经济与世界接轨的一个标志，它意味着中国经济开始全面纳入世界经济的体系中。

3）推动了社会其他领域的改革。社会经济的变革也拉动了中国社会在政治体制、民主法治的等方面的改革。

但是，中国社会的快速发展，也引发了一系列新的矛盾与问题，如：

1）不同群体的利益矛盾浮出水面。由于地区发展不平衡、城乡二元结构、产业结构调整等原因，我国居民的收入差距迅速加大，基尼系数从21世纪80年代初的0.28，上升到2003年的0.461，超过国际公认的0.4警戒线。

2）市场经济与社会环境的矛盾。在长期计划经济条件下形成的管理模式、法律制度、意识形态、舆论环境等各个方面难以适应市场经济的需要。尽管多年的改革已使社会环境有了重大变化，但尚远未达到其应有的程度，社会诚信度下降。

3）发展与生态环境的矛盾。中国高速发展是以大量的资源消耗为代价的，这种高投入、高消耗、重污染、低产出的传统发展模式是不可持续的。

以上事实清楚表明，中国正处于极其深刻的社会转型期。国际经验表明，人均GDP1000～3000美元时期是黄金发展期，也是矛盾凸显期。利益矛盾开始激化，有可能使社会走向不稳定。

针对这一具体情况，中央确定将建立和谐社会作为社会发展的基本目标，实现"民主法治、公平正义、诚信友爱、充满活力、安定有序、人与自然和谐相处"。要建成这样一个社会，需要在发展的指导思想上做出调整，于是有了科学发展观，强调以人为本、全面发展、协调发展和可持续发展。

2008年奥运会的筹办和举办正处于中国社会发展的这一关键时期，只有"和谐奥运"才能契合中国正在构建的和谐社会。我们之所以期待奥运会对中国和谐社会构建有所贡献，不仅是因为奥运会的规模和影响，更重要是因为奥运会是要求和谐且只有和谐才能办好的盛会。

首先，奥运会的目标是和谐发展，它主张人自身的身心和谐、人与社会的，以及人与自然的和谐。这使得奥运会在目标上与中国社会当前的需要高度一致，因此有助于解决中国目前社会问题。

其次，国际奥委会越来越强调奥运会对举办国的影响应当是综合的，可持续的，关注奥运会的整体影响。2008年北京奥运会是第一个根据国际奥委会的要求，从可持续发展的角度关注奥运会对经济、社会和环境三个维度的综合影响，专门立项对150余项指标进行全面的测定和研究，它对举办国的检验是全方位的，包括体育发展程度、经济实力、科技水平、市政建设、管理能力、环境保护等各个方面，这有助于中国从整体出发，着眼长远来筹划这届奥运会，从而提高社会的整体综合效益。

最后，奥运会的组织机制是全球合作的。奥运会要求大协作的运作模式，因为奥运的资源来自全球，产品服务全球，利益回报全球，赛事由全球性的体育协会组织，知识产权属于全球，观众也来自全球。因此，奥运会也是要求合作、促进和谐的盛会。举办奥运会涉及社会的各个方面，非社会各方密切合作，不足以成其事。举办奥运就意味着在政府各部门之间、民间团体之间、政府与社团之间、组织与个人之间建立起多种社会合作关系，形成社会网络。这对于改变我国传统小农经济的观念、打破条条块块的封闭、建立沟通意识、培养合作习惯是一剂良药。

因此，"和谐奥运"对于中国具有对内促进和谐构建、对外促和平发展的潜能。

2. 和谐奥运——国际社会的需要

"和谐奥运"也是以国际奥委会为代表的国际社会的需要。自1896年首届现代奥运会举办以来，奥运会也经历了一个持续变化的演进过程。自20世纪后期以来，随着市场运作机制的引入，大众传媒的发达和现代科技的全面介入，奥运会的经济效益剧增，演进过程大大加快，一方面迎来了自己的黄金发展期，迅速成为全球规模最大、影响力最广、最引人注目的文化盛事。另一方面，出现了一系列前所未有矛盾、冲突，甚至危机。如：

1）在奥运的目标和手段方面。奥林匹克运动就其本质而言是非商业性的，有着崇高社会目标和强烈人文精神的社会运动。1984年洛杉矶奥运会（图1.1）

图1.1　1984年洛杉矶奥运会会址

以来，国际奥委会摸索出了一整套用市场机制来运作奥林匹克运动这一公益事业的模式，取得商业运作的成功。尽管国际奥委会明白奥运会的市场运作取决于奥运的人文价值，因此采取各种措施来维护奥运的人文价值，但是在经济利益驱动下，奥运会依然出现了一系列问题：兴奋剂的阴影挥之不去，道高一尺，魔高一丈高科技误用的轨迹还在延伸；顾拜旦曾经期待的可以成为青少年榜样的奥运选手依然如凤毛麟角；裁判员出现误判、漏判的原因越来越使人怀疑有经济因素的介入；奥运赛事的安排越来越受到电视商业利益的左右，成为商业的牺牲品；腐败现象向体育组织的高层延伸，盐湖城申办丑闻就是其表征。许多人对奥运会在引进市场机制的同时是否可以保持其崇高的和谐精神开始表示怀疑。

2) 在奥运会的文化结构方面。随着奥运在全世界的普及，其文化单一化的倾向也日趋明显：在奥运会的竞赛项目中，源于西方的运动形式居于压倒地位。在夏季奥运会 2 个大项的 300 个小项中，除了柔道、跆拳道等极个别的项目外（图 1.2），均为西方运动项目；发展中国家对奥运会的参与处于较低水平。在悉尼奥运会注册的 10 960 名运动员中，实际参赛人数为 10 651 名，其中近一半（49.6%）的运动员来自欧洲。悉尼奥运会有 71 个国家和地区派出的运动员不足 5 人，其中英属维尔京群岛仅 1 人；奥运会极少在非西方文化传统的城市举办，这也限制了其从西方以外的文化中吸取营养的机会。

图 1.2　奥运会中极个别的东方运动项目——跆拳道

3) 在奥运会的短期效益与长期效益方面。任何一个举办城市都会出现一个奥运会带来的经济热，但是随着奥运会引发的膨胀型的社会需求在奥运会后逐渐恢复常态。在奥运会后，各举办城市或多或少都面临需求不足，供应过剩造成经济压力，出现奥运会后的低谷效应。如 1976 年蒙特利尔奥运会的主会场直到今天还在由该市居民付税来偿还建设费用；1992 年巴塞罗那旅馆业绩在奥运会后的两年几乎下降了 60%，反映出市场供应过度；2000 年悉尼奥运会的主要教训也是没有解决好奥运体育设施的会后利用这一老大难问题，两个主要奥运场馆，需要每年举办 200 次活动才能收支平衡，而奥运会后达不到预期数量的一半，容纳 11 万人的主会场，1999 年投入使用，第一年即亏损 2400 万澳元，第二年亏损 1100 万澳元，第三年依然如此；希腊在雅典奥运会后在也出现同样的问题。

4）在奥运参与者平等化方面。尽管奥运倡导体育的民主，反对一切形式的歧视，主张体育是所有人的权利。奥运力图以自己的行为为国际社会树立一个榜样，成为人类社会的一个"理想国"。但在现实中，奥运依然存在着种种不平等和不民主的现象，如发展中国家与发达国家的差别、男性与女性的不平等、西方文化与非西方文化的不平等。

上述事实说明，奥运会本身也存在着许多不和谐的现象，20世纪末以盐湖城丑闻的披露开始的奥林匹克改革就是为奥运探求在新的社会条件下和谐发展的模式。北京奥运会对"和谐奥运"的尝试也正是国际奥委会和国际社会的整体利益所需要的。

（二）和谐奥运的内涵

2008年北京奥运会将体现出三个方面内容，即"绿色奥运、科技奥运、人文奥运"。如果参照自然辩证法理论中关于人与自然的辩证关系，"和谐"奥运将体现出三重向度的内容：绿色奥运体现出自然界的和谐，即自然界中物与物之间的和谐共存；科技奥运体现出人改造自然界的能力，即人与自然界的和谐共存；人文奥运体现出人类自身发展的和谐，即人与人之间的和谐共存。

1. 物与物之间的"和谐"奥运

自然界是一个巨大的复杂系统，人是自然界的一部分，是自然界中的物。自然界的发展有它的规律性，物与物之间必须互相尊重，相互依附，共同协调发展。自然界中的人具有主观能动性，具有认识大自然和改造大自然的能力，也正因为如此引发了物与物之间的不和谐，这些因素充分体现在历届现代奥运会中。修建高楼大厦、豪华体育场馆、广场华丽的装饰等，使整个人类处于"人造动物园"中。人类历史上最大的文化盛会只能在人与人之间、在钢筋混凝土的"人工自然"中进行，这是自然界的孤独，人类的悲哀。睿智的雅典人民发现了这种"自然界的孤独，人类的悲哀"，为体现物与物之间的和谐，喊出了"欢迎回家"的口号，即利用古代奥运会所遗留下来的纯真来达以物与物之间的和谐，以至于在马拉松比赛中，选择了古代奥林匹克运动会马拉松比赛的足迹，返璞归真，让参赛运动员甚至全人类去感受大自然的气息。但这远远不够，由于现代社会发展的种种桎梏，人类依然在钢筋混凝土的"人工自然"中自娱自乐，古代奥林匹克的遗迹成为人们观赏的对象，一个个人造的公园，一条条平坦的马路，一栋栋亮丽的高楼，人类正步步远离大自然的怀抱，陷入痛苦与孤独之中。

　　展望2008年北京"绿色奥运","绿色"不是代表要修建多少栋高楼、多少个场馆,植多少棵树,而是在物与物之间建立起自然界的和谐,将奥林匹克放回大自然,让人类从伟大的盛会中感受大自然的存在,还原人的本真。这对北京奥运会的城市设计者们出了一道大难题:怎样保留大自然的原貌,又同时满足现代奥运会的现实需要。

2. 人与物之间的"和谐"奥运

　　人与物之间的"和谐"表现为人类在合理利用自然资源过程中更多的社会财富的创造,即在认识自然规律、利用自然规律而不违反自然界发展规律的前提下,使自然界的演化更有利于人类社会的发展。人类社会自从中世纪"皇权""神论"的桎梏中逃离出来以后,科学技术革命所带来的人对自然的巨大干涉能力逐渐打破了自然界存在的"和谐",它表现在生态平衡的失调和自然环境的严重恶化两个方面。

　　现代科学技术的这股改造大自然的神奇力量,使人类对自然平衡的干预超过了自然界的再生能力和自我调节能力,使不同水平的自然平衡都已濒临自我修复的极限,这种平衡的失调导致当前人类生存发展面临的五大问题:人口、粮食、不可再生资源、工业化、环境污染(图1.3,图1.4,图1.5)。作为自然界中的一部分人类将面临人与物之间和谐发展的重大难题。

图1.3　塑料瓶污染

图 1.4　严重堆积的生活垃圾　　　　　图 1.5　严重的河流污染

　　反思历届奥运会，2004 年雅典奥运会流露出了人类与自然界和谐发展理念，具体体现在：充分利用已有公共设施，不盲目开发自然资源用以奥运会需要，利用科学技术，提高奥运会举办效率，打造"节能、环保、高效"的"科技奥运"。反观 1936 年德国柏林奥运会，希特勒借奥运会的举办向世界宣扬日耳曼人种的优越性，鼓吹纳粹主义，在经济上更是斥巨资修建奥运设施，以炫耀当时德国国力。德国国库为柏林奥运会拨款 2000 万马克，用花岗岩、大理石等修建了一座能容纳 10 万人的运动场，以及有 2 万座位的游泳池和体操馆、篮球馆等，还修建了一个比上届奥运会更豪华的奥林匹克村等。这在当时来说，是人类利用自然资源的奢侈。

图 1.6　彰显和谐的"瘦身"鸟巢

　　2008 年北京"科技奥运"应以史为鉴，树立科学的发展观，坚决做人与物和谐发展的推动者，人与物和谐共存的完成者。这对 2008 年北京奥运会在充分利用已有公共设施构建"节能、环保、高效"的城市化等方面提出了比雅典奥运会更高的要求。回顾北京奥运会主体育场"鸟巢"方案的几次修建计划修订（图 1.6），在节约自然资源、充分利用自然资源、达以人与物的和谐共存方面，是明智之举。

3. 人与人之间的"和谐"奥运

荀子说过："力不若牛，走不若马，而牛马为用，何也？曰：人能群。"人的力比不上牛，跑不过马，却能"穿牛鼻、络马首"，靠的就是人与人之间的相互协作。自人类诞生以来人类就必须在互相依赖协作中从事各种活动，这种互相依赖协作的总和就是社会。人类社会的这种互相依赖协作活动的结果，不仅形成了不断变化的社会关系，还形成了客观的社会结构。因此，人与人之间的"和谐"实际上就是以人为主体的社会和谐发展状态，它包括人与人之间的和谐和社会结构之间的和谐两个方面的内涵。"人文奥运"不仅仅体现文化奥运，而是人与人之间的和谐和社会结构之间的相互理解、公平、友好、团结、和平共处，这同时也是对奥林匹克精神内涵的深层次解读。

在 2004 年雅典奥运会的体操、马术、击剑、游泳、跨栏等项目上，因裁判员主观的误判，给雅典奥运会的"完美"举办留下了遗憾，同时也玷污了奥林匹克精神，致使人与人之间产生了不和谐因素，这将成为构建北京"和谐"奥运的绊脚石。盐湖城冬奥会贿赂丑闻的发生使社会各个阶层对国际奥组委的信心大为降低，国际奥组委果断处理了相关受贿官员，毅然深化体制改革，这才避免了一系列严重后果的发生但它的负面影响还遗留在社会各组织结构的人民心中，严重影响了社会结构之间的和谐发展。

展望 2008 年北京奥运会，我国在真诚地为全世界人民提供优质服务的同时，切不可忽略人与人之间和社会结构之间的外在因素的影响，这些因素为：加强裁判公平、公正建设，加大对兴奋剂的检测力度，进一步推进世界妇女解放运动，加强行政、执法部门的形象建设等。

二、和谐思想——奥林匹克解读

追求社会的平等、安定、和谐始终是人类孜孜以求的一种社会理想。奥林匹克运动一出现就表现出了丰富的和谐意蕴，从古代奥运会奠定的体育运动与陶冶心灵的关系以及人的身体、德行和智慧和谐发展的思想基础到现代奥林匹克所凸显的体育运动为人的和谐发展服务以促进建立一个维护人的尊严的和平社会以及 2008 年北京"人文奥运"提出的推动人与自然、人与人、人与社会、文明与文明以及人的灵魂与体魄之间的和谐发展的思想等，无不彰显深刻的和谐思想。

（一）古代奥林匹克文化中的和谐思想

1. 古代奥林匹克和谐的哲学基础

古代奥林匹克文化源于古希腊文化，希腊哲学是古希腊文化和西方文化的基础。希腊哲学在人类文明史上永远发出灿烂的光辉，也为古代奥运史留下不朽的丰碑和珍贵的精神遗产。以苏格拉底、柏拉图和亚里士多德为代表的一批哲学先驱者，无不对体育的价值有所论述。苏格拉底主张："凡属希腊国民应注意健身之道，以应付国家需要，以保民为国为天职。"柏拉图在其代表作《理想国》一书中阐述了"公正即和谐"的观点，一个"理想国"就是一个"公正国"，它具有智慧、勇敢、节制和正义四种美德。其中专门论述了体操术，认为这是市民教育的两大范畴之一，可使身体健康，体形完美，体力充沛，也可以培养人的意志勇敢顽强。他认为身体与精神相互影响，道德不良产生于教育不当和身体不健全，他提出要为保卫城乡而练就体魄刚健的战士，为造就完美和谐发展的人而健身。在柏拉图看来，教育和培养公民的原则是，用音乐陶冶心灵，用体育锻炼身体，一个理想国家的公民应当兼具这两种素质。亚里士多德亲自参加体育实践，他在《国家论》中主张体育可以优先智育，提出体育、德育和智育应相互联系，智力的健全依赖于身体的健全。他认为体育既能强健体魄，又能塑造人们的形体美和心灵美。他特别强调儿童早期的体育训练，在教育儿童时，我们当然应该先把工夫用在他们的习惯方面，然后再及于理性方面，我们必须首先训练其身体，然后启发其理智。

哲学家们从不同的角度论述了人体运动与陶冶心灵的关系，从而奠定了人的身体、德行和智慧和谐发展的思想基础。在这些普遍观念的影响下形成的和谐思想传达了这样一个信息：体育已经成为古希腊人生活中不可缺少的内容，并且影响人们的身心发育和社会发展。

2. 古代奥林匹克的和谐意蕴

古代奥林匹克的和谐思想主要体现在三个方面：

第一，追求人的身心既美且善的和谐思想。重视肉体的价值、发展身体的美善、追求人的身心既善且美的和谐思想典型地体现了古代奥运会的人文意蕴。在对人的身体和灵魂的赞美基础上，希腊人心目中的"完人形象"，即在理性支配下身心两方面都得到发展的人。古代奥运会所要表现的"就是健康、活泼、强壮的人体，角力竞技的本领，动物的禀赋，无不具备"，这种"庄严健美、生活高尚的人体，令人想到更豪迈，更强壮，更安静，更活跃，总之是更完全的人类"。

这种基于对人的身体和灵魂和谐一致的认识，铸就了闪烁着人性光辉的古代奥运会在以后的一千多年中的辉煌。

第二，追求人的全面发展的和谐教育。古希腊有两个最大、最具代表性的城邦——雅典和斯巴达。雅典的教育水平高于斯巴达。雅典人继承了传统的和谐思想，形成了极具人文特色的博雅教育。雅典人认为，教化是形成善的根本，体育能锻炼人的身体，培养人的品质，是追求卓越的一个最好途径。这个思想影响着希腊整个的教育和体育思想。雅典的教育在人类历史上第一次提出了关于人的身体和精神全面发展的目标。雅典人所向往的是既能发展人的身体又能发展人的心灵教育，渴望的是身心都能得到和谐发展的教育。

第三，追求整体的和谐审美观念。追求整体是古希腊审美观念的核心，具体体现在追求人及社会和谐发展的价值理念上，也渗透到古代奥运会的人文思想体系中。古希腊对宇宙万物的思考以寻找事物的本源、探究事物的本性为开端。他们认为，每一个具体的事物都是其整体的一部分，必须与整体保持和谐，人也不例外。希腊人将万物看成一个有机的整体，从而形成以整体的眼光看待万物的审美观，对人的发展要求和谐全面，对事物的分析要求客观完整，对社会的管理要求整体有序。

（二）现代奥林匹克文化中的和谐思想

文化尽管是一个多义的概念，但其基点是反映人的思想，精神则是对文化的提炼。主义与精神是不同角度的提法，其内涵是一致的。理想是人们追求的目标，精神则是理想的具体体现。奥林匹克文化的内涵主要体现一种理想、精神或主义，不同的角度有不同的侧重。现代奥林匹克继承和发扬了古代奥林匹克渗透的公平竞争、奋勇拼搏、和谐发展的思想，它所确定的思想体系包括奥林匹克主义、奥林匹克宗旨、奥林匹克精神等从不同的角度充分彰显了现代奥林匹克文化中的和谐思想。

1. 奥林匹克宗旨之和谐目标

《奥林匹克宪章》的基本原则部分指出："奥林匹克的宗旨是，通过没有任何歧视、具有奥林匹克精神——以友谊、团结和公平精神相互了解的体育活动来教育青年，从而为建立一个和平的更美好的世界做出贡献。"

1）奥林匹克运动的目标是促进人类社会向真善美的方面发展。当代世界各国面临着诸多要靠共同协作才能应付的问题，如环境、难民、地区冲突、贸易堡垒及反恐等。奥林匹克运动试图架设沟通各国人民之间联系的桥梁，增进不同民族不同文化的人们之间的相互了解，促进世界和平、减少战争的威胁。奥林匹克运动的宗旨是与人类社会的正义事业所要达到的目标是一致的，并在一定程度上满足了现代国际社会的需要，对进入现代社会的人类有直接的现实意义。奥林匹克宗旨使它成为世界和平事业的一个重要组成部分，从而确定了它在当代国际社会中的重要地位。

2）奥林匹克运动试图以富有人文精神的体育运动作为实现自己总值的途径。它希望在世界各国青年间建立起有益的纽带，正如第四届国际奥委会主席埃德斯特隆所说："奥运会无法强迫人们接受和平，但是它为全世界的青年人像亲兄弟一样欢聚一堂提供了机会。"事实确实如此，如在伊拉克与科威特战争结束仅一年后举行的西班牙巴塞罗那奥运会上，两国运动员同时出现在奥运赛场上。

从一定意义上讲，将体育运动的作用提高到不仅促进人的全面发展，而且与社会的发展联系起来，明确地将体育运动作为一种改造社会的力量，并且有意识地将这种力量应用到这样广阔的范围，应该说是奥林匹克运动的一大创举。

2. 奥林匹克主义之和谐追求

《奥林匹克宪章》明确指出："奥林匹克主义是增强体质、意志和精神并使之全面发展的一种人生哲学。奥林匹克主义谋求把体育运动和教育融合起来，创造一种在努力中求快乐、发挥良好榜样的教育价值并尊重基本公德原则的生活方式。"同时还指出："奥林匹克主义的宗旨是使体育运动处处为人的和谐发展服务，以促进建立一个维护人的尊严的、和平的社会。"

1）奥林匹克主义是一种人生哲学、生活哲学，奥林匹克主义的中心思想是人的和谐发展。工业革命在给人类社会带来巨大进步的同时，也给人的生理、心理和社会行为等诸多方面带来了新的威胁。人的全面和谐发展问题，成为亟待解决的社会问题。奥林匹克主义力图通过奥林匹克运动来促进人的全面和谐发展，从而使奥林匹克运动有了明确的思想方向。

2）奥林匹克主义将体育运动作为实现人的和谐发展的途径。促进人的全面发展有多种手段，奥林匹克主义独具慧眼，在常常为人们所轻视的体育运动中发现了培养青少年的巨大潜力，并努力通过体育运动来造就一代新人。他主张通过增强体质磨炼意志和培养高尚情操，使人得到身、心和精神方面的全面发展。它主张体育运动为人类和谐发展服务，以促进建立一个维护人的尊严、和平的社会。实现这一理想的社会是全人类共同的愿望和任务。体育运动在这方面具有强大而独到的功能，具有很大的感染力和号召力。

3）奥林匹克主义强调人的和谐发展的关键是生活方式的改善，强调奥运选手的榜样作用。在现代社会中人的片面发展在很大程度上是由不良生活方式造成的。因此，要使人的身、心得到全面均衡的发展，也必须通过切实可行的途径，改善人们的生活方式，从根本上解决问题。奥林匹克主义旨在创造一种使人全面和谐发展的"生活方式"。作为奥林匹克运动的主要对象的广大青少年，是一个有极大的可塑性和模仿力的群体，他们羡慕英雄，崇拜英雄，而且渴望成为英雄。奥林匹克主义将树立"良好的榜样"作为一种重要的教育方式，力图给广大的青少年提供活生生的现实中的英雄——奥运冠军，让他们去学习、去模仿，以取得良好的教育效果。

4）奥林匹克主义强调为达到人的和谐发展的目的，体育运动必须与教育、文化相结合。因为只有坚持教育目标优先，才能使体育的教育功能得到充分的发挥，并使之成为具有特殊功效的教育工具，使青少年在体育运动中不仅得到发达的肌肉和匀称的肢体，而且得到机敏的头脑、健全的心理素质和良好的社会公德。只有这样才能使奥林匹克运动坚持正确的方向。奥林匹克运动通过与文化教育的结合，促进了人的身体素质、道德精神获得和谐发展和提高。

3. 奥林匹克精神之和谐要求

奥林匹克精神，是人们对奥林匹克运动的内容实质的认识。奥林匹克精神简言之，就是相互了解、友谊、团结和公平竞争的精神。没有互相了解、友谊、团结和公平竞争的奥林匹克精神奥林匹克主义就不能得到全面的、真正的贯彻，现代奥林匹克也无法实现其促进世界和平与和谐发展、建立美好世界的目标。

1）奥林匹克精神强调对文化差异的容忍和理解。奥林匹克运动是国际性的运动，它不可避免地要面临着世界上文化间的各种差异及由此引发的各种问题。从一定意义上讲，四年一度的奥运会将世界上几乎所有的体育文化集中到一个狭小的时空里，因此不同文化间的差异尤为引人注目。差异就是矛盾，矛盾就可能爆发冲突。奥林匹克精神强调相互了解、友谊和团结就是要形成一种和谐的精神氛围。在这氛围中，人们得以摆脱不同文化间产生的偏见，使文化差异成为促进人们相互交流的动因，使矛盾成为相互学习的动力。

2）奥林匹克精神强调竞技运动的公平与公正。奥林匹克运动以竞技运动为其主要的活动内容，竞技运动的最本质特征就是比赛与对抗。在激烈的身体对抗比赛中，运动员的身体、心理和道德得到了良好的锻炼和培养，观众也同时得到了感官上的享受和潜移默化的教育。同时竞技体育的教育功能和文化娱乐功能的基本前提是公平竞争，只有在公平基础上的竞争才更有意义，更能催人奋进。只有在公平竞争中，各国运动员才能保持和加强团结、友谊的关系，奥林匹克才能实现它促进人的和谐发展进而达到全世界的和谐发展的伟大理想。正如美国著名黑人运动员杰西·欧文斯所说："在体育运动中，人们学到的不仅仅是比赛，还有尊重他人、生活伦理、如何度过自己的一生以及如何对待自己的同类"。

总之。奥林匹克运动作为一种社会文化现象，从来就是在国际社会所提供和允许的环境与条件中发展的。由于它的开放性与普遍性，也会使得奥林匹克运动在未来发展中遇到大量的社会问题。比如政治干预和冲突，过分商业化和职业化，以及兴奋剂的困扰等。因此要使奥林匹克运动和谐可持续发展，就必须处理好诸如：理想与现实、教育与法律、金钱与道德、独立性与世界性等关系。奥林匹克要在新时期落实科学发展观，在不断地改革创新，完善自身、增强自身实力的同时，进一步加强与社会各方面的协作，使其和谐健康发展。

（三）　2008 年北京奥运会的和谐思想

1. 中国传统文化中的和谐思想

在中国历史上，不乏和谐的理念和和谐社会的种种憧憬和设想。无论是道家强调的人与自然的和谐，还是儒家强调的人际关系和谐，无论是洪秀全的"太平天国"理想社会，还是孙中山的"天下为公"的社会理想（图 1.7），虽然都带有不同时代和提出者的阶级属性的烙印，但却在一定程度上反映了人们对美好生活的向往。

图 1.7　孙中山故居

1）人与自然的和谐。传统文化在人与自然的关系上主张天人合一，肯定人与自然界的统一，强调和谐社会是人与自然的统一，人类应当认识自然、尊重自然、保护自然。人与自然的和谐为和谐社会提供了理想的生存空间。

2）人与人的和谐。人际关系和谐是中国传统和谐观的重要内容。儒家文化（图 1.8）在中国古代社会影响最大。儒家的和谐社会观念认为，人是社会生活的主体，更是社会和谐的主体，应依靠礼乐制度来保障达到和谐的人际关系。主张无为而治的道家最反对社会冲突，最希望实现社会的和谐。

3）人与社会的和谐。中国传统文化中对理想社会模式的设想，最具代表性的应是"小康社会"和"大同社会"。古人所设计的大同社会理想，无不打上阶级的烙印，但其作为一种崇高的目标和理想境界，始终引导着中华民族的志士仁人追求以人际和谐为基本特征的社会发展目标。

4）人自身的和谐。传统和谐观认为社会成员的身心和谐是实施社会和谐的基点，主张人之身心和谐，保持平和、恬淡的心态，正确处理理与欲的关系。中国传统的和谐观特别注重人的内在性情的和谐，强调个人的自身修养问题，主张通过个人内在的修炼，首先实现身心和谐，然后以此为基础逐步实现人与人、人与社会以及人与自然的和谐。

中国文化的过人之处在于：中国传统文化的根基是基于人与自然的和谐来定位人类，基于人与人之间的和谐来定位社会，基于家庭、国家的统一来定位个人，以个人修养为落脚点，个人修养是达到性情的和谐来塑造完美人格，防止人格分裂，中庸之道的原本意义就是发而未发谓之中。和谐的理念是中国传

图1.8　儒家文化代表——孔子

统文化的精髓，它可以成为我们今天构成社会主义和谐社会可资借鉴的思想资源。

2. 东方文化对奥林匹克和谐思想的丰富与发展

文化是中国最为深厚的积淀，中国传统的"和合文化"观经过现代转换对当代西方世界具有重要借鉴和启发意义。中国古老文化历经五千年，是世界上唯一从未间断、绵延至今的人类文化的瑰宝，是人类童年时代便已产生的、不可企及也无法再造的世界文明的辉煌顶峰之一。和平、和谐、和爱、和美所包含的天人合一、以人合天的和谐自然观是对奥林匹克更快、更高、更强的竞技文化的生动补充。

北京申办奥运提出"绿色奥运、科技奥运、人文奥运"三大理念，其最基本的价值取向都是"以人为本"的人文价值和人文精神目标，反映了环境、科技、文化三大主题，深刻反思和探讨了环境、科技、文化与人的关系，倡导环境、科技、文化的和谐发展。与"绿色奥运"和"科技奥运"相比较，"人文奥运"是一个内涵更丰富、价值取向更深刻的一个理念，它通过奥林匹克运动所展示的奥运宗旨、奥运理念和奥运精神集中体现了某种具有广泛影响力和最深刻渗透力的精神意识。"人文奥运"的理念和行动目标是基于中国的历史人文传统和当今的时代精神，以及开放性的国际视野继承和融合世界奥林匹克运动的文化精神而提出来的，是体现东方文化特别是中华文明对奥林匹克精神的开拓与发展，是北京奉献给世界的新奥运的重要内容，在奥林匹克运动中具有开拓性的重要意义，显示了北京2008年奥林匹克运动会举办理念的新视界。围绕"人文奥运"，

我们可以充分开发中国传统文化资源,展示中华文明,尽显东方神韵,创造性地实现奥林匹克文化与中国文化的交流和融合。在奥林匹克文化造福中国社会的同时,积极地以中国文化精华来补充和发展奥林匹克文化,从而凸显北京2008年奥运会独一无二的历史价值。

2008年北京奥运会,是历史悠久的奥林匹克与源远流长的中华文明的一次伟大握手,是世界文化与中国文化的一次雄伟交汇。博大精深的中华文明传统为我们提供了深厚丰富的和谐思想资源,和谐的思想是中华文明与奥林匹克文化的最佳结合点,对中国、对世界、对奥林匹克运动都具有重要的现实意义,具有极其重要的资源性思想价值。

3. 北京奥运——一个构建和谐社会的历史机遇

2008年奥运会在13亿人口的中国举行,标志着100年来的现代奥林匹克运动在历史的一个瞬间获得了巨大的飞跃。这是奥林匹克和谐精神的伟大实践,开启了奥林匹克运动的新起点,必将在奥运史上写下光辉的一页。而正处于快速发展的中国,我们比以往任何时候都更强烈地感受到对积极健康的生活方式及其所赋予的和谐精神的渴求。

以和谐奥运为主旋律的北京奥运,包含着当下中国人民乐观向上、改革进取的精神风貌、开阔明朗的胸襟气度和对人类文明的崇尚和发扬。它必将极大地提升民族凝聚力和向心力。北京奥运的灵魂是和谐,这种和谐旨在以奥运促发展,以发展带奥运;把社会发展的长远规划与奥运的理念有机结合起来;把市政建设的硬件与软件的优化、提高结合起来;把GDP的指标与市民人文素质和生活质量结合起来。和谐思想既是奥林匹克与中华文化的最佳结合点,也是2008年北京奥运会与构建社会主义和谐社会的最佳结合点,为构建社会主义和谐社会提供全面协调可持续发展的宽阔平台。

北京奥运——一个构建和谐社会的历史机遇,给予我们推动我国民主化进程、实现人的全面发展、构建社会主义和谐社会、向世界展示中国全新人文面貌的极好时机,是实施全民教育、构建和谐社会、全面提高中华民族国民素质、实现中华民族伟大复兴的强大推动力,是实现人的全面发展的极好载体。

三、和谐奥运——社会和谐的催化剂

社会和谐就是指社会中的各种因素之间形成了相互协调、良性转化的有机联系;社会处于具有旺盛的生命力和健康的状态。具体地说,社会和谐就是一种民主法治、公平正义、诚信友爱、充满活力、安定有序、人与自然和谐相处的社会。

回眸 100 余年的现代奥林匹克运动发展史，它是现代文明和社会进步的体现，它又集中反映了人类社会平等民主、和平发展、文明进步、自我完善等理想。《奥林匹克宪章》明确指出"奥林匹克运动的宗旨是，通过没有任何歧视、具有奥林匹克精神——以友谊、团结和公平精神相互了解的体育活动来教育青年，从而为建立一个和平的更美好的世界做出贡献。""奥林匹克主义的宗旨是体育运动处处为人的和谐发展服务，以促进建立一个维护人的尊严的社会。"由此可见，奥林匹克运动与社会和谐有着内在的一致性。本节从物质文化、精神文化、社会氛围和北京奥运理念的角度探讨奥林匹克运动对社会和谐的促进作用。

（一）和谐奥运——人类文化的催化剂

现代奥林匹克运动兴起于人类社会的工业文明时代，又受到文艺复兴、宗教改革和启蒙运动巨大的影响，这三大思想文化运动提倡人本主义，提出了"身心并完"的观点，主张身体和精神的统一，身体的均衡与协调发展，从而为现代奥林匹克运动的兴起奠定了思想基础，并形成了一系列奥林匹克的思想体系。奥林匹克思想是奥林匹克运动的灵魂，它主张奥林匹克运动为人类和谐发展服务。它比较突出地表现在社会的物质文化、精神文化方面上。

1. 促进物质文化和谐的进程

奥林匹克运动是以社会物质基础为依托。奥林匹克运动的发展需要社会提供物质条件和经济支持，同时，奥林匹克运动又对人类社会的物质文化和谐发展具有促进作用。

"更快、更高、更强"的精神需要物质基础作为保证，实现物质文化和谐。奥林匹克运动的发展强调挑战人体运动的极限和不断提高运动技术水平，它需要提高人的生物学适应能力，进而促进了仿生学原理的广泛应用。同时，现代科学技术的快速发展推动了体育设备的现代化。例如，测速、测位移和测角度应用了激光技术；高速摄影机和遥测仪器在运动训练中大量应用；奥运会的组织管理应用了通信技术、空间技术和计算机技术等。

随着奥林匹克运动的普及与发展、参与奥运人数的增加和奥运会规模的扩大，奥运会需要必要的物质支撑，并实现建筑、商业、贸易、服务、交通、通信、气象和旅游等相关产业的和谐发展。

自从 20 世纪 80 年代以来，社会对奥林匹克运动提出了更多、更高的要求。随着奥运会规模的不断扩大，举办奥运出现了物质资源缺乏的问题。在传统的奥运会筹资方式陷入困境中，市场经济引入了奥运会。1984 年洛杉矶奥运会组织者尤伯罗斯采用了以商业性投入为主、辅之以政府拨款和社会捐款的筹资方式，将奥运会纳入市场经济，洛杉矶奥运会赢利 2.227 亿美元。这届奥运会进一步推动人类社会物质文化的进程。

2. 促进精神文化和谐的进程

现代奥林匹克运动的创始人顾拜旦，从奥林匹克运动诞生的开始，就做了最大的努力用精神文化来指导奥林匹克运动，以精神文化为基础规范奥林匹克运动的发展，强调奥林匹克运动的教育价值。而精神文化来指导和规范奥林匹克运动，实质就是把精神文化融入奥林匹克运动之中来，形成了奥林匹克精神，进而教育人和塑造人及推动社会的和谐发展。

奥林匹克运动的实践证明，奥林匹克精神是奥林匹克运动的一面旗帜，它倡导的相互了解、友谊、团结和公平精神可以促进人类社会不同语言、不同肤色、不同信仰的各国人民之间的交流和沟通。奥林匹克运动的各种活动展示人类社会的色彩斑斓、千姿百态、内涵丰富和特色鲜明的不同文化，共建人类文明的共同遗产，消除世界不同文化之间的排斥和差异，消除不同意识形态的偏见和隔阂，进而营造和谐的文化氛围，促进世界各种优秀文化的交融。

奥林匹克精神是一种和谐、健康、民主、创造和积极向上的人类社会的文明理念。人类社会的发展与进步需要公平竞争、自我超越和和谐的精神文化。奥林匹克精神构成了当代人类社会发展与进步的基石。例如，奥林匹克火炬的传递（图 1.9）象征着团结、友谊、和平和进步的理想在全世界的传播；开幕式和闭幕式的隆重仪式吸引着数十亿电视观众，使人们领略了人类文明最绚丽之花，它具有更强的震撼力和感染力；发奖仪式、升国旗和奏国歌激励人们的爱国主义的

图 1.9 北京奥运会火炬传递路线

热情；运动员在赛场上顽强拼搏、团结合作和公平竞争的精神也反映出全人类的共同追求。奥运会这种资源性的价值对当今中国和世界的精神文化和谐发展都具有深远的作用。

（二）和谐奥运——良好社会氛围的催化剂

奥林匹克主义是一种超越体育与竞技运动的关于人的全面发展的人生哲学、生活哲学，又是人类完善社会发展的思想运动。它是体现人生价值和社会价值的手段，是推动社会进步的重要力量。

1. 促进人的全面和谐发展

奥林匹克主义强调人的身、心和精神要得到全面、和谐、协调的发展；主张体育运动必须服务于人的和谐发展，既要强体健身又要提高道德水准和培养崇高情操。现代社会生活中在人的全面发展方面出现了许多不和谐的问题。例如，人的道德水准下降、心理异常、人与人之间缺乏理解及身体机能和素质不佳等现象。这严重影响了人自身的健康和人在社会中的形象。而运用奥林匹克运动的独特功能对营造良好的社会氛围是其他教育方式不可代替的。

2. 参与比取胜更重要

"参与比取胜更重要"是奥林匹克运动的名言与信念。奥林匹克运动的创始人顾拜旦对这句话做了精辟的解释："生活中重要的不是凯旋而是奋斗，其精髓不是为了获胜而是使人类变得更勇敢、更健壮、更谨慎和落落大方。这是我们国际奥委会的指导思想。"奥林匹克运动能使参与者不断奋进、发挥潜能、激发斗志、取长补短、相互学习和共同提高，从中培养参与者真诚的态度、坚强的毅力和奉献的精神。例如每届奥运会，从申办、筹备和举办吸引了众多的参与者和大量的工作人员；每年的 6 月 23 日的奥林匹克日，各国以这一天为中心，举行多种形式的群众性体育活动，吸引众多人参加体育活动和参与奥运。这有助于建立了人与人之间和人与社会之间和谐的生活方式。

3. 男女平等和对伤残人的关爱

古代奥运会对运动员的性别有严格的规定：妇女不得参加竞技，已婚妇女不许观看比赛。而现代奥运会诞生时，由于奥运会受到古代奥运会传统和守旧的观念的影响，也曾排斥妇女介入奥运会。随着女子体育运动的发展和国际奥委会观念的转变，国际奥委会于 1924 年第 22 次会议决定，奥运会的大门正式向女子开放。奥林匹克运动在男女平等、尊重妇女、共同发展方面向着健康和文明的道路推进，并获得了令人满意的成就。例如，2004 年希腊雅典奥运会女子参赛项目和参赛人数已接近男子；女子在国际奥运会委员中所占的席位正在逐步增多。奥林匹克运动在男女平等方面对社会和谐发展起到了典范的作用。

1989 年正式成立了国际伤残人奥林匹克委员会，并在 1992 年西班牙巴塞罗那奥运会之后，举办了第 1 届伤残人奥运会。伤残人进入奥林匹克运动大家庭（图 1.10），不仅仅是奥林匹克运动的壮大和对奥林匹克运动的补充与发展，更重要的是进一步促进全社会关爱弱势群体，打造互帮互助、人人平等、公平公正、有爱心的社会环境，推动残疾人事业的快速发展，实现人类社会和谐的生活方式。

图 1.10　伤残人进入奥林匹克运动大家庭

4. 推动民主与法制的进程

奥林匹克运动的宗旨是在没有任何歧视下开展奥林匹克运动的各种活动。这里的歧视是指民族、政治、宗教、性别和年龄等。奥运会是为全世界不同肤色的人们建立同场竞技的大舞台，并在平等自由、相互尊重、公平竞争的五环旗下同场角逐。奥运会为人类营造了真正的公平公正、平等民主的氛围，对各国的民主化进程都具有重要的意义。

奥林匹克运动这项伟大的人类社会实践活动，它要做到健康有序的发展必须建立各种制度和法规，并使其不断改进和完善。《奥林匹克宪章》就是奥林匹克运动的基本法，是奥林匹克运动的基石，是奥林匹克运动一切活动的准则。它规定了奥林匹克运动各种活动的基本程序和奥林匹克组织的宗旨、原则、机构及职权范围等。随着奥林匹克运动的快速发展，奥林匹克运动又出现了许多不和谐的因素。国际奥委会就必须不断完善和健全各种法规。例如兴奋剂问题的日益突出，国际奥委会和联合国教科文组织规定了《反对在体育中使用兴奋剂的国际奥林匹克宪章》。又如举办奥运会对环境的不良影响，1992 年国际奥委会、诸多国际单项和国家奥委会签署了旨在保护环境的《地球宣言》，国际奥委会 105 次全会修改了《奥林匹克宪章》，把保护环境列为奥运会的一项重要任务，并号召人们树立尊重环境的生活方式。从而又促进了奥林匹克运动的法治的进程，为社会和谐完善民主与法治方面提供了借鉴。

（三）北京奥运——社会和谐的催化剂

2008 年北京奥运提出"绿色奥运、科技奥运、人文奥运"，这三大理念它顺应了社会的和谐发展，又是对奥林匹克运动文化遗产的继承与发展。

1. 人文奥运理念

人文奥运是 2008 年北京奥运的核心与灵魂，又是文化的奥运和以人为本的奥运。

第一，它倡导弘扬中华民族精神和学习西方文化，拓展中外文化和文明的交流与融合。如在筹备北京奥运会期间，奥运筹委会开展文化艺术交流，引进国外优秀的文化艺术项目，及把中国的戏剧和民族音乐介绍给世界；每年举行一届北京奥林匹克文化节，北京国际旅游文化节等一系列大型的文化活动。

第二，人文奥运推崇提升人的综合素质。在北京大中小学生中开展"为祖国争荣誉、为奥运做贡献"的宣传教育活动；北京的窗口部门、服务行业和旅游业开展"我为奥运做贡献、行业服务创一流"等一系列活动，促进服务员和工作人员的素质与行业的整体服务水平的提升；实施《北京市民讲外语活动规划（2003 ~ 2008)》，提高市民的外语水平。

第三，人文奥运体现了教育人、熏陶人和锻炼人。北京举办 2008 年奥运会，离不开高素质的组织者和志愿者，组织者是在全社会公开招聘选拔的能力强、素质高的队伍；志愿者将选拔以大学生为主、市民与社会团体为辅的人数达十万的庞大队伍。他们在宣传奥运、服务奥运的过程中起到了教育人和熏陶人的作用。人文奥运体现了人自身、人与人、人与社会、精神文化的和谐发展观。

2. 科技奥运理念

科学技术水平是人类社会发展与进步的重要标志。现代奥运会离不开科学技术的高速发展，科学技术已成为现代奥运会的重要组成部分。1936 年柏林第 11

届奥运会的首次采用的电视转播；1972 年慕尼黑奥运会使用了光电测距仪和精度达到千分之一秒的电子计时器；1992 年巴塞罗那奥运会使用的信息通信系统。北京要打造一届高水平的奥运盛会，必须体现出科技奥运。如高科技和最新研究成果要广泛应用到 2008 年奥运会中，做到信息服务系统快捷、准确；交通运输系统高效率、低能耗、低污染；突发事件及时、迅速，对信息、交通、管理、生物、材料、建筑气象和环保等科学技术都要做到和谐的发展。科技奥运象征着物质文化层面的和谐发展观。

3. 绿色奥运理念

绿色奥运是遵循人与自然的和谐可持续的科学发展为原则的。倡导绿色奥运就是建立尊重自然环境的生产和生活方式。如首都北京增加绿地和植树造林，减少污染物的排放，保护自然环境，使天空变得更蓝、水变得更清、地变得更绿、空气变得更清新、人的心情变得更好了。绿色奥运反映出人与自然和谐可持续发展观。

北京奥运三大理念反映了当代社会的文明与进步，对全面实现小康社会、实现社会更加和谐起到了示范作用。奥林匹克运动的实践已证明，奥林匹克运动对人类社会的文明与进步的贡献与社会和谐是相吻合的。奥林匹克运动能够促进了人类社会物质文化、精神文化和谐的发展，营造了良好的社会氛围，北京奥运理念是对奥林匹克运动文化遗产的继承与发展。这些对社会更加和谐都起到积极的促进作用。

从奥林匹克文化的新视角，重新审视 2008 年北京奥运的重要性，对于处在构建社会主义和谐社会的中国具有极为重要的历史和现实的意义。"社会主义和谐社会，应该是民主法治、公平公正、诚信友爱、充满活力、安定有序、人与自然和谐相处的社会"，这是根据马克思主义基本原理和我国社会主义建设的实践经验，根据新世纪新阶段我国经济社会发展的新要求和我国社会出现的新趋势新特点，而提出的构建社会主义和谐社会的时代内涵。它与奥林匹克的宗旨、精神、理想和奥林匹克主义具有相同之处，在中国为构建社会主义和谐社会的进程中和迎接 2008 年北京奥林匹克运动会的热潮中，这些历史悠久而伟大的精神，仍然是中华民族文化中基本精神。

四、和谐社会——奥林匹克精神理想的栖息地

一个富足祥和、人人各尽所能各得其所而又和谐相处、充满活力的社会一直是中华民族始终追寻的理想社会。构建社会主义和谐社会是由中国共产党深思熟

虑后提出来的，它充分地认识了当前中国社会中种种不和谐现象的存在，决心在未来的发展中实行符合现代社会客观发展规律的政策和措施，从而使社会进入更具活力、良性运行的状态，实现国家的长治久安。

党的"十六大"报告在谈到全面建设小康社会的奋斗目标时，强调"促进人与自然的和谐"，使"社会更加和谐"，指出："我们要在21世纪头20年，集中力量，全面建设惠及十几亿人口的更高水平的小康社会，使经济更加发展，民主更加健全，科技更加进步，文化更加繁荣，社会更加和谐，人民生活更加殷实。"这充分说明："建立和谐社会，达到全社会的和谐发展"是党的"十六大"报告提出的一个新的重要思想。党的十六届四中全会通过的《关于加强党的执政能力建设的决定》完整地提出了构建社会主义和谐社会的新命题，指出"把和谐社会建设摆在重要位置"，明确把构建社会主义和谐社会，妥善协调各方面的利益关系，维护社会稳定，作为加强党的执政能力建设的主要任务之一。这是对党的"十六大"关于"社会更加和谐"这一思想的进一步深化和发展。把"和谐"社会与社会主义社会联系起来，提出构建社会主义和谐社会，是我们党基于我国现阶段社会矛盾变化和利益格局调整而做出的科学判断与重要决策，也是全面建设小康社会的重要目标之一。

在和谐社会的背景下筹备和举办奥运会无疑可以使奥林匹克精神得到最好的传承和发展，奥林匹克精神和和谐社会在内涵上有着很多相通之处，和谐社会也当然是奥林匹克精神理想的栖息地。

（一）和谐社会的提出

1. 时代背景

我们党明确提出构建社会主义和谐社会的重大任务，就是要求全党同志在建设中国特色社会主义的伟大实践中更加自觉地加强社会主义和谐社会建设，使社会主义物质文明、政治文明、精神文明建设与和谐社会建设全面发展。提出这一战略任务的时代背景是：

1）从国内看，我国改革开放取得重大成就正处在一个关键时期，经济社会发展进入了一个关键阶段。经过30年的改革开放，中国发生了翻天覆地的变化，所取得的成就是全世界有目共睹的。特别是中国经济发展平均每年的增幅在9%以上，这在各个国家的现代化历史上是一个十分罕见的现象。按照现行汇率，2007年中国人均GDP已接近2460美元。从国际经验看，人均GDP1000~3000美元这样一个时期是多事之秋。在这个阶段，既有因为举措得当从而促进经济快速发展和社会平稳进步的成功经验，也有因为应对失误从而导致经济徘徊不前和社会长期动荡的失败教训。既进入"黄金发展时期",同时也进入"矛盾突显时期"。综合起来看,在当前和今后相当长一段时间内,我国经济社会发展面临的矛盾和问题可能更复杂、更突出。

2)目前,我国经济社会发展已出现了一些必须认真把握的新趋势新特点。这主要表现在:资源能源紧缺压力加大,对经济社会发展的瓶颈制约日益突出,转变经济增长方式要求十分迫切;城乡发展不平衡、地区发展不平衡、经济社会发展不平衡的矛盾更加突出,缩小发展差距和促进经济社会协调发展任务艰巨;人民群众的物质文化需要不断提高并趋多样化,社会经济成分多样化,社会利益关系更趋复杂,特别是受经济文化发展水平等多方面的限制,各种利益群体的一些利益要求难以得到满足,统筹兼顾各方面利益的难度加大;体制创新进入攻坚阶段,深化改革,扩大开放;进一步触及深层次矛盾和问题;劳动者就业结构和方式不断变化,人员流动性大大加强,越来越多的社会成员由"单位人"变成"社会人",社会组织和管理面临新问题,社会组织多样化;人民群众的民主法治意识不断增强,政治参与的积极性不断提高,对发展社会主义民主政治和落实依法治国基本方略提出了新要求;各种思想文化相互激荡,人们受各种思想观念影响的渠道明显增多、程度明显加深,人们思想活动的独立性、选择性、多样性、差异性明显增强;社会上存在的消极腐败现象以及各类严重犯罪活动等也给社会稳定与和谐带来了严重影响,等等。

3)从国际看,当今世界仍很不安宁,各种矛盾错综复杂,影响和平与发展的不稳定不确定因素依然存在。由于国际经济旧秩序没有根本改变,经济全球化趋势在推动世界经济发展的同时,也给各国特别是发展中国家带来挑战和风险,发展中国家在经济、政治、文化、信息、军事等方面面临着严峻压力。美国等西方国家加紧在意识形态领域打"没有硝烟的战争",企图向其他国家特别是发展中国家输出自己的政治制度、意识形态、价值观念,通过扶持反对派、培养代理人制造动乱等多种手段对别国内政进行干预。

2. 和谐社会的内容

2005年2月19日,胡锦涛总书记在省部级主要领导干部提高构建社会主义和谐社会能力专题研讨班上的讲话中明确指出:"我们所要建设的社会主义和谐社会,应该是民主法治、公平正义、诚信友爱、充满活力、安定有序、人与自然和谐相处的社会"。社会主义和谐社会的这些基本特征是相互联系、相互作用的,需要在构建社会主义和谐社会的进程中全面把握和体现。

1)民主法治。社会主义和谐社会是民主法治的社会。所谓民主法治,就是社会主义民主得到充分发扬,依法治国基本方略得到切实落实,各方面积极因素得到广泛调动。民主法治是构建社会主义和谐社会的重要保证，又是社会主义和谐社会的重要特征。这是因为民主政治是社会主义和谐社会的基本内涵，也是构建社会主义和谐社会的根本保障。只有发展社会主义民主政治，保证人民依法行使民主权利，才能使人民群众和各方面的积极性、主动性、创造性更好地发挥出来，才能促进党和人民群众以及执政党和参政党、中央和地方、各阶层之间、各民族之间等方面关系的和谐，从而实现整个社会的和谐。

2）公平正义。社会主义和谐社会是公平正义的社会。所谓公平正义，就是社会各方面的利益关系得到妥善协调，人民内部矛盾和其他社会矛盾得到正确处理，社会公平和正义得到切实维护和实现。维护和实现社会公平和正义，涉及广大人民的根本利益，是我们党坚持立党为公、执政为民的必然要求，也是我国社会主义制度的本质要求。只有切实维护和实现社会公平和正义，人们的心情才能舒畅，各方面的社会关系才能协调，人们的积极性、主动性、创造性才能充分发挥出来。只有实现公平正义，才能达到社会和谐。

3）诚信友爱。社会主义和谐社会是诚信友爱的社会。所谓诚信友爱，就是全社会互帮互助、诚实守信，全体人民平等友爱、融洽相处。社会是由人组成的，社会和谐取决于人与人之间的和谐，而诚信友爱是实现人际关系和谐的前提条件。没有诚信，就不会有友爱；没有友爱，人际关系就会紧张；没有人际关系的融洽与和谐，就不会有社会的和谐。

4）充满活力。社会主义和谐社会是充满活力的社会。所谓充满活力，就是能够使一切有利于社会进步的创造愿望得到尊重，创造活动得到支持，创造才能得到发挥，创造成果得到肯定。也就是说，我们所要建立的和谐社会，不是死水一潭，而是要在发展中不断创造更高水平的和谐。因此和谐社会必须充满活力。这是社会进步与发展的现实力量和动力源泉，是现代社会的重要标志。

5）安定有序。社会主义和谐社会是安定有序的社会。所谓安定有序，就是社会组织机制健全，社会管理完善，社会秩序良好，人民群众安居乐业，社会保持安定团结。安定有序的社会主义和谐社会中的"安定"是指社会发展的稳定、社会关系中的和睦相处和人们的心理平和。在我国社会急剧转型时期，正确处理改革、发展与稳定的关系，维护社会的安定团结，具有特殊重要的意义。但是，社会安定绝不是"万马齐喑"，而是活而不乱、活而有序。和谐社会应该是人与人之间、群体与群体之间、社会阶层与社会阶层之间，以及人与社会之间和谐相处，真正做到人人平等、和而不同、互惠互利。

6）人与自然和谐相处。社会主义和谐社会是人与自然和谐相处的社会。所谓人与自然和谐相处，就是生产发展、生活富裕、生态良好。自然环境是人类生存的必备前提和条件。但自然界向人类提供的资源是不可再生的，人类需求的增长与自然界所能提供的各类资源必须相适应。也就是说，人与自然的和谐是社会和谐的基础条件，也是人自身发展的重要前提。社会的和谐、人的全面发展都必须在人与自然的协调与和谐中得以实现。大量事实表明，人与自然的关系不和谐，往往会影响人与人的关系、人与社会的关系。如果生态环境受到严重破坏、人们的生产生活环境恶化，如果资源能源供应高度紧张、经济发展与资源能源矛盾尖锐，人与人的和谐、人与社会的和谐是难以实现的。

总之，和谐不仅仅是人与人的和谐，也是人与自然的和谐。人定胜天，其实在某种意义上讲是不科学的，人顺应自然、利用自然、爱护自然，才是爱护自己。这一点已经为人类社会的发展不断证明。拼资源，拼消耗，贻害子孙后代的事情，这些过去我们曾经犯过无数次的错误，无论对于经济的发展，还是社会的发展，都是根本性的伤害。现在，我们必须从观念、战略和行动上予以纠正，树立和坚持与科学发展观相适应的、与构建社会主义和谐社会相适应的、与实现人与自然和谐相处相适应的观念、战略和行动。

（二）和谐社会的内涵

从哲学的角度讲社会主义和谐社会就是社会主义的生产关系更加适合生产力的发展要求、上层建筑更加适合经济基础的发展要求、社会文化更加适合政治经济发展的要求的社会状况，社会政治、经济、文化的发展相互协调，能够从制度上保障社会主义运行机制的有序性，从而形成社会发展与人自身发展的有机统一。具体地讲，社会主义和谐社会应该是既强调人与人的和谐，又要达到人与自然、社会的和谐；既要注重内部各阶层、各利益团体之间的和谐，又要争取外部世界的和谐发展；既要培育微观的各个社会组织细胞的和谐发展，又要促进宏观的整个社会的和谐发展；既要经济、政治、文化等各个系统内部的和谐，又要形成各子系统之间的和谐关系，使之共同发展。因此，社会主义和谐社会的基本内涵包括以下几个方面：

1. 人与自然的和谐

人与自然和谐相处，就是生产发展，生活富裕，生态良好。在构建社会主义和谐社会的过程中，要正确处理人与自然的关系，转变发展方式和生活方式，实现经济社会的可持续发展，走生产发展、经济繁荣、生活富裕、环境优化、生态良好的可持续发展之路。长期以来，在人与自然发展的过程中，逐步形成了3个递进的概念：生态经济、绿色经济、绿色GDP，这正成为中国谋求人与自然和谐发展的路径。

2. 人的和谐

　　人是社会的细胞，是社会发展的主体，人的个性和谐是社会和谐发展的根本前提。造就和谐的人的个体，就是要使一个人有健全的人格有正确的世界观和人生观能合理地处理个人与自然、个人与社会的错综复杂的关系，做到融入自然、融入社会、融入集体。具体而言，作为个体，人的自身和谐应包括以下4个方面的内容。①德与才：高尚的政治品德、良好的社会公德和伦理道德与高超的专业技能相结合，做到德才兼备。②博与约：广博的各方面知识、开阔的视野与学有所长的专业必须形成合理的配置。③知与行：丰富的知识、智慧等主观世界与强有力的行动力相结合。④健与美：在身和心两方面健康完美。作为个体只有上述4个方面的和谐，才能提高个体的综合素质，也才能对整个社会的和谐程度产生积极的影响。

3. 人与社会的和谐

　　在和谐的社会中，每个人有追求幸福和自由的权利，也有为社会提供服务的义务，每个人根据自身的条件，通过自己的努力从事自己理想的工作，为社会提供必需的服务，社会根据其劳动的质和量给予合理的报酬，这是一种社会和谐发展的多赢状态。因此，人与社会的和谐发展，应该是个人自由与社会认同相适应；个人的利益与需要的满足和整个社会的利益和需要的现实相适应，人的素质的全面提高与社会不断进步相适应，人的能力发挥与社会公平公正相适应，从而实现个人的发展和社会的发展和谐统一。

4. 内部环境的和谐

　　内部环境的和谐要求社会组织机制健全，社会管理完善，社会秩序良好，人民群众安居乐业，社会保持安定团结。从微观结构上来看，是指政治、经济、文化、环境等内在结构的各个要素的相互协调和交融。改革开放以来，我国政治、经济、思想文化等方面取得了全面的繁荣和进步，逐步步入和谐社会。但同时，我们也应该看到，现在的和谐只是基本和谐，其中还存在着诸多不和谐的因素：如政治上少数人的腐败，经济上东西部的贫富差距，思想上个人主义、利己主义、邪教等在一些人身上畸形发展，价值观发生错位等。而和谐的内部环境，不仅需要政府加大工作力度，更需要每一个公民的自身努力。

5. 外部环境的和谐

　　世界正进入政治多极化、经济全球化的时代。总的来看，各个国家之间正在形成一种相互制约、相互影响、相互依存的相对和谐的关系。从经济上看，全球化标志着人类社会正跨越国家和地区的界限在全球范围内展现全方位的沟通和联系，具体表现为资源配置的全球化、市场的全球化、资本的全球化等方面，各国必须与世界经济达成一种和谐发展的关系才能够取得长足的发展。中国作为一个经济大国，随着市场经济的逐步推进和加入 WTO 后与世界经济的进一步接轨，必将更全面更深入地融入世界经济之中，也就更需要与世界经济保持和谐共处的关系，趋利避害，既能充分利用经济全球化带来的机遇，也应避免全球化带来的负面效应，力求自身的和谐发展。

（三）构建和谐社会的意义

构建社会主义和谐社会，符合新世纪新阶段开创中国特色社会主义事业新局面的实践需要，符合我国改革发展关键时期客观形势的要求，适应当前我国经济社会发展的阶段性特征，适应我们党在长期执政条件下面临的新挑战和新任务，从经济基础到上层建筑的各个方面，深化和拓展着中国特色社会主义的伟大实践，同时，和谐社会也是对奥林匹克运动生存和壮大的土壤。因此，和谐社会的构建有着极其重要的意义。

1）构建社会主义和谐社会贯穿于全面建设小康社会实践的整个过程。全面建设小康社会和构建社会主义和谐社会，相辅相成，彼此促进，二者统一于建设中国特色社会主义的实践中。社会和谐是全面建设小康社会的重要目标。和谐社会建设，拓展了全面建设小康社会的内涵，使全面建设小康社会在理论形态和实践内容上更加系统和完整，使全面建设小康社会内在的经济、政治、文化等方面内容更加有机地联系起来。没有和谐社会建设，小康社会将是低水平的、不全面的小康社会。全面建设小康社会是社会主义初级阶段的一个阶段性目标，构建社会主义和谐社会是这个过程中的一项战略任务，并在全面建设小康社会的实践中不断获得新的内容和经验，从而在理论上不断丰富和完善。构建社会主义和谐社会贯穿于全面建设小康社会的整个过程，为中国特色社会主义事业发展到新的更高的阶段提供更加和谐、更加充满活力、更加稳定有序的社会条件。

2）构建社会主义和谐社会贯穿于落实科学发展观实践的整个过程。落实科学发展观和构建社会主义和谐社会，是当前中国特色社会主义建设的最强音。构建社会主义和谐社会，必须坚持以科学发展观为指导。以人为本的价值理念，科学发展的基本观点，统筹兼顾的根本要求，是和谐社会建设的指导原则、基本途径和有效方法。构建社会主义和谐社会是落实科学发展观的重要内容和内在要求，没有社会的安定和谐，很难实现经济社会的全面、协调和可持续发展。这就要求我们把二者有机结合起来，在实现科学发展中促进社会和谐，在社会和谐中促进科学发展。要把它们看作是建设中国特色社会主义的实践中紧密联系、不可分割的两个方面，在科学发展观的指导下建设和谐社会，同时在构建社会主义和谐社会的实践中不断丰富和完善科学发展观。

3）构建社会主义和谐社会贯穿于发展社会主义市场经济实践的整个过程。我们党提出科学发展观和构建社会主义和谐社会等重大战略思想，是发展和完善社会主义市场经济的重大举措，反映了我们党对社会主义市场经济规律认识的深化。构建社会主义和谐社会，一方面要为发展社会主义市场经济服务，为社会主义市场经济的发展创造更好的社会条件和环境，促进经济效益的提高和生产力的发展；另一方面也要在防止和克服市场经济的盲目性和弊端上发挥重要的作用。构建社会主义和谐社会需要解决的诸多重大问题，如就业问题、社会保障问题、收入分配问题、公共事业问题、社会公平问题等，都是市场经济本身无法解决的。资本主义国家出于自身的目的和利益需要，也在一定程度上采取措施解决这些问题，力图缓和经济社会矛盾和阶级矛盾。但在资本主义市场经济条件下，无论如何不能克服由资本主义社会基本矛盾造成的单个或局部生产的有组织性同整个社会生产的无政府状态之间的矛盾，无论如何不能摆脱追逐超额利润的破坏性后果和根本局限。所以说，构建社会主义和谐社会，也是为了避免走资本主义市场经济的道路，为探索社会主义和市场经济的有机结合开辟新的途径，积累新的经验。构建社会主义和谐社会贯穿于完善社会主义市场经济体制的整个过程，是中国特色社会主义实践的深化和拓展。

4）构建社会主义和谐社会贯穿于加强党的执政能力建设实践的整个过程。我们党是在正确判定我国社会所处的历史方位和党所处的历史方位的基础上，从中国特色社会主义伟大事业和党的建设新的伟大工程之间紧密联系、有机统一的战略高度，提出和部署构建社会主义和谐社会重大任务的。这体现了我们党坚持中国工人阶级的先锋队与中国人民和中华民族的先锋队的高度统一，坚持最低纲领与最高纲领的高度统一，坚持治国方略与治党方略的高度统一。胡锦涛同志指出，全党要在构建社会主义和谐社会的过程中，着力提高 6 种本领，即激发社会创造活力的本领、管理社会事务的本领、协调利益关系的本领、处理人民内部矛盾的本领、开展群众工作的本领、维护社会稳定的本领。这 6 种本领是检验党的执政能力高低的重要标准。构建社会主义和谐社会贯穿于党的执政能力建设的整个过程，为新时期党的建设增添了新的内容，为使党成为中国特色社会主义建设事业的领导核心提供了坚强的保证。

第二章

和谐竞争——人性美丽的讴歌

　　1936 年，举世瞩目的奥运会在柏林举行。当时正是法西斯势力猖狂的年代，希特勒想借奥运会来证明雅利安人种的优越。当时田径赛的最佳选手是美国的杰西·欧文斯（图 2.1），德国在跳远项目上有一位优秀选手可与欧文斯抗衡，他就是鲁兹·朗。希特勒亲自接见鲁兹·朗，要他一定击败欧文斯——黑种人欧文斯。

图 2.1　杰西·欧文斯

　　跳远预赛那天，希特勒亲临观战。鲁兹·朗顺利进入决赛。轮到欧文斯上场了，但场外种族歧视的声音使他很紧张。他第一次试跳便踏线犯规；第二次他为了保险起见从距跳板很远的地方便起跳了，结果跳出了非常坏的成绩；还有最后一跳，欧文斯一次次起跑，一次次迟疑，不敢完成最后的一跳。

　　这时希特勒退场了，他认为这个低劣的黑种人已经没有任何机会。在希特勒退场的同时，鲁兹·朗走近欧文斯。他用结结巴巴的英语对欧文斯说，他去年也曾遇到同样的情形，结果只用了一个小窍门就解决了。鲁兹·朗取下欧文斯的毛巾放在起跳板后数英寸处，说起跳时注意那个毛巾就不会有太大误差了。欧文斯照做，结果几乎破了奥运会的纪录。

　　几天后决赛，鲁兹·朗率先破了世界纪录，但随后欧文斯以微弱优势战胜了他。贵宾席上的希特勒脸色铁青，看台上本来民族情绪高昂的德国观众也变得情绪低落。这时鲁兹·朗拉住欧文斯的手，一起来到聚集了 12 万德国人的看台前，他将欧文斯的手高高举起，高声喊道："杰西·欧文斯！杰西·欧文斯！……"看台上先是一阵的沉默，然后是突然爆发的齐声呼喊："杰西·欧文斯！杰西·欧文斯！

……"欧文斯举起另一只手来答谢。等观众安静下来以后，欧文斯举起鲁兹·朗的手，竭尽全力喊道："鲁兹·朗！鲁兹·朗！……"全场观众也同时响应："鲁兹·朗！鲁兹·朗！……"没有诡谲的政治，没有种族的歧视，没有狭隘的嫉妒，选手和观众都沉浸在君子之争的感动之中。

图 2.2　杰西·欧文斯铜像

多年后杰西·欧文斯在回忆录中真诚地说，他所创的世界纪录终究会被打破，但鲁兹·朗高高举起他的手的那一幕却会永远被历史牢记。在杰西·欧文斯被载入史册（图 2.2）的同时，鲁兹·朗也被载入了史册。当然，随之被载入史册的，还有这段伟大的友谊。

在奥运赛场上，我们需要更多这样的事迹，我们呼唤美丽的人性，我们呼唤和谐竞争。

一、更干净、更人性、更团结——解读奥林匹克新格言

21 世纪，一个新的千年在人们的美好祝福中开始了，一个更强大的奥林匹克运动已随之步入了一个新时代。回首奥林匹克运动百余年的历程，我们会有无数的感慨。一切如白驹过隙，我们何妨大胆地设想：本世纪的奥林匹克运动将会是怎样的？它又会是何等美妙的乐章呢？对此，国际奥委会主席罗格给我们做了近乎完美的描述："更干净、更人性、更团结"，亦即奥林匹克新格言。格言不仅表现了国际奥委会将以更年轻、更新鲜、更开放的形象进入新世纪，而且表明国际奥委会为推动奥林匹克运动朝更加纯真、更加友善、更加具有人文色彩的方向发展的坚定信念。深入研究新格言及其文化内涵，并且沿着这个思路，我们不难发现奥林匹克运动越来越和谐。

（一）奥林匹克新格言产生的社会背景

1. 人类的道德规范不断受到挑战

社会伦理是社会生活的行为规范与道德价值原则，它根源于现实的生产方式与社会关系，同特定的文化传统也有历史相关性。社会伦理有双重内涵：一是特定社会体制蕴含的伦理原则、价值规范，用以提供建设社会体制的伦理支持与辩护；二是同体制伦理相应的社会道德价值体系，用以建设社会的道德秩序和国民

的道德人格。社会伦理渗透于经济、政治体制与文化活动、道德文明，并深深地介入社会发展的各个领域。

奥林匹克作为一种世界文化，是全人类共有的道德价值体系。它的形式外壳是竞技游戏，而其思想内核是体现美与尊严的理念。在此，道德作为规范体系，也作为指导人们行为、维护社会秩序的准则，则更多地展示了人类对真、善、美价值的追求。同时，为人类的社会进步，为市场经济的健康发展提供了一个良好的道德环境。然而，在百余年的历史进程中，奥林匹克运动的发展并不是一帆风顺的，许许多多社会发展中的问题，同样影响着奥林匹克运动……

两次世界大战的隆隆战火，践踏了9000万人鲜活的生命，也几乎切断了奥运会这一人类文明盛会的交往环链。1972年慕尼黑奥运会上，11名运动员惨遭枪杀，奥运会降半旗纪念，恐怖的阴云一度笼罩在人类和平的盛会上。盐湖城冬奥会受贿案，使数名国际奥委会委员阴沟翻船，成为奥运史上一段不光彩的记忆，因而敲响了国际奥委会反腐倡廉的警钟。

同样，大规模政治抵制、种族歧视、轻视妇女、民族和种族问题、商业化，都在奥林匹克运动的发展中有着强大的负面影响，甚至造成危机。特别是近几十年来，在国际瞩目的奥运会竞争中，围绕使用兴奋剂和反兴奋剂的斗争愈演愈烈。尽管国际奥委会不断加大严格检查和严肃处理的力度，但道高一尺、魔高一丈，利用高科技制造的违禁药物仍有不断增加之势，冒险使用违禁药物的运动员也有不断增多之势。在悉尼奥运会上，共有11名运动员在赛内和赛外药检中被查出使用了兴奋剂。而且在奥运会开始前，世界各国还有50余名运动员因为药检不合格未赴悉尼。在运动员抵达悉尼后的开幕前和比赛期间，又至少有16名运动员因以前的药检阳性结果而被驱逐出奥运村或被禁赛。这一空前"庞大"的服用禁药落网群体使全世界感到震惊！从而给最初欲办成"最干净的奥运会"的悉尼奥运会历史性地留下了令人难堪的"药物奥运会"的阴影。

更值得注意的是，当前在国际体育运动的发展中，基因技术已经开始向体育运动领域渗透。依靠人的体能进行较量的体育比赛，将可能很快成为使用基因技术的"试验田"。通过"基因疗法"给运动员植入基因的方法使其身体产生额外的红细胞生成素技术将很快问世。可以帮助运动员提高体力和耐力，拥有比赛所需要的肌肉的"基因兴奋剂"可能在第29届奥运会前被普遍使用。对此，国际奥委会反兴奋剂委员会委员、瑞典生理学家萨尔丁最近发出警告，许多体育科研人员正在研究基因疗法，如果这一方法被广泛应用到运动员身上，它的危害将远远超过目前的兴奋剂，对竞技体育的打击将是毁灭性的。此外，纳米技术的发展与应用于竞技体育无疑会大大促进运动成绩的提高。但同时也将带来一些新的伦理道德问题。如运动成绩的提高是人的胜利还是器械的胜利？运动的较量是新器械的竞争还是人的体能和技能的较量？运动员被器械喧宾夺主而退居到"二线"是否被变相剥夺了竞争权力，等等。如此下去，现代奥林匹克竞技场岂不是一片"乌烟瘴气"，"公平竞争"的神圣原则岂不被抛掷脑后或肆意践踏。人类源于游戏的竞争，一种表达人类童心的天真无邪的竞争势必被蒙上主观功利和虚假的色彩。

2. 世纪社会价值观发生根本变化

和谐与奥运是密不可分的，和谐奥运必将成为奥林匹克运动立身之本。关注人的精神解放，引导人的生活质量，承诺人生境界的润泽与点化，促进人格健全发展，既体现了体育的本质功能，也是奥林匹克"更人性"格言赋予新世纪奥林匹克运动的文化使命。因而从此意义上讲，对奥林匹克文化现象的研究，就不能简单地归之于竞技运动而忽视对人自身的最高关注。人是"宇宙的精华，万物的灵长"。而体育是人生命的自由自觉的运动，始终体现着以人为本的价值取向。

西方的科学体育是建立在西方科学主义基础之上的社会文化现象，其基本特征是功利性。翻开工业社会的历史不难看出，工业社会在一定意义上讲就是一个生产物质财富、消费物质财富、追求物质财富、物质财富决定一切的时代。这个将物质利益置于一切之上的社会价值取向，造成了对人的忽视，将物质享乐置于精神之上。表现在竞技运动上，就是极力强调比赛的结果，而忽视比赛的过程，视竞技比赛的外部功效胜于运动员自身，单纯以胜负论英雄。20世纪这种见物不见人，重结果轻过程的社会价值导向，必然视运动员为工具，而不把他们自身的全面发展作为竞技运动的目的，从而导致了对竞技运动价值观的异化，不可避免地造成灵与肉的再次分离，这是对人的忽视在体育中的表现。所幸的是在人类社会进入21世纪之际，社会已经显露出一些令人鼓舞的趋向，即从20世纪狂热地追求物质利益，到向人的发展回归。这种社会价值的转化，对竞技运动提出了新的要求，人不再是工具，竞技运动要回到为人的和谐发展服务的位置，运动员将成为具有自我意识的主体，人格得到完善。所有这些不仅表现了人的发现和觉醒，也表现了人的主体性和自我价值意识的空前提高。而这种主体性的高扬，必然促使社会结构、生活模式和价值观念发生根本性的改变。

理想社会的目标是为人的潜能、人的理想、人的感情、人的创造力的全面发展提供各种条件。而以"更人性"为核心内容的奥林匹克新格言更充分地表达了这种生而为人的意义。对此，罗格主席进一步指出："我们要为运动员结束运动生涯时顺利走向社会创造条件。"笔者认为，这就是人性化理念的具体体现。今天，现代社会已进入一个以人为本，实现人的可持续发展的时代，我们倡导"人文奥运"，高扬"更人性"的奥林匹克格言，其核心就是要主动表现体育对人类生存意义及价值的终极关切。人类用体育获得健康来表现对自身前途和命运的终极关怀。体育呼唤和谐精神，要求我们学会关心、实施关怀，回到以人为本的体育世界。

3. 和平、发展、合作已成为时代潮流

人类进入 21 世纪，和平、发展、合作已成为一种时代潮流。以奥林匹克为核心的现代体育运动始终站在文明的一方，代表了人类和平、民主、平等、进步、团结、友谊的共同理想。并且，它以丰富的文化内涵影响着人类社会的行进节奏。不仅如此，奥林匹克运动还以它崇高的、不可动摇的和平理想，在化解民族矛盾，缓和战争冲突方面发挥了无可替代的角色作用。然而，新世纪、新奥运、新挑战，又将赋予奥林匹克的决策者们以新的历史使命。这就是使"全球村"的村民们变得更加团结、更加温馨、更有生气。国际奥委会主席罗格先生在他的就任宣言中指出："保持奥林匹克内部的团结将是我在任期内最重要的任务，国际单项协会、各国家奥委会和国际奥委会团结在一起将是不可战胜的。"这是对奥林匹克"更团结"格言的最好诠释。这是因为，团结就是力量，团结同样也是财富，奥林匹克运动之所以能克服各种危机，战胜诸多困难，使这样一种超越国家界限，超越民族文化的世界文化现象得以延续，得以久盛不衰，靠的就是"团结"二字。这是现代文明，更是人类社会向前发展的潮流。

如今，我们看到"和平与发展"仍将是世界的两大主题，这就为新世纪奥林匹克运动的持续发展构筑了无限宽广的发展空间。同时，我们还需清醒地看到在一些地方出现的国家分裂，社会崩溃和民族纷争以及恐怖主义滋生仍将威胁着世界的和平与安宁，奥林匹克运动会的安全，已成为历届奥运会举办者面临的头等大事。但不论怎样，奥林匹克作为一种世界文化必将更加自立、自强，以它特有的活动形式、强烈的感召力、同化力、亲和力和统摄力，对世界的和平、进步产生深刻的影响。综上所述，新格言的问世，正是得之于以上诸多社会因素的催化，是人类社会向前发展的必然产物。

（二）解析奥林匹克新格言文化内涵

我们知道，任何事物的发展都有其历史的连续性，因此，探讨奥林匹克新格言，就不能不涉及奥林匹克创始人顾拜旦 20 世纪所倡导的"更快、更高、更强"的格言。自人类产生以来，人类社会就与大自然展开了殊死的抗争与搏斗。正是人类社会的锲而不舍、永不停息的奋发进取，才推动着我们的社会发展前进，将我们生存的世界从原始愚昧的状态推向现代文明高度发达的社会，从而塑造出人

类进取向上、奋发图强的精神。也正是在这种精神的感召下，奥林匹克运动才有了适合于自己特点和特色的口号。用这个口号来统一人们对体育运动的认识，引导人们特别是青年人积极正确地参加到体育运动中来。一个世纪以来，这一格言成为全世界体育运动爱好者的座右铭。奥林匹克运动也因其变得更有生气，更具振人心弦的魅力。

从体育文化层面看，竞技性是体育运动的精髓与魅力所在，而"更快、更高、更强"的格言却是奥林匹克文化的宝贵财富。它是体育精神的本质内核，也是奥林匹克精神的具体体现。在这种精神的驱动下，人类不断向人体的生物机能提出挑战，并不断地突破生理极限。一个个地球上、宇宙中未知领域被人类征服，使"时间就是金钱，效率就是生命"的口号成为现代人类社会恪守的信条。使竞技场内外的竞争更加紧张激烈，使人类在与时空的竞争中，走向更新、更美的境界。

从以上可以看出，顾拜旦倡导的"更快、更高、更强"的奥林匹克格言，本质上即是弘扬一种崇高的体育精神，树立人类永无止境的进取目标，推动体育社会乃至人类社会快速向前发展。今天我们探讨奥林匹克新格言，就是探讨奥林匹克运动在新世纪所要表现的一种体育精神，这种体育精神不仅与竞技运动的竞争取胜、超越自我有关，而且更是与全人类不断开拓创新、与时俱进的时代精神相契合。

国际奥委会主席罗格在其就任宣言中还指出："奥林匹克的格言是更快、更高、更强。当然，我们将继续保留这个格言。但是，在新世纪来临的时候，或许对体育来讲需要新的格言，那就是更干净、更人性、更团结。"在这里，罗格先生以辩证唯物主义和历史唯物主义的态度和改革、求变的精神，适时地提出新世纪奥林匹克新格言。究其文化内涵，它寄托了人们对奥运会的美好希望。指出了未来奥林匹克运动的发展方向，提出了对运动员道德品质的要求。我们说，这是一个更加符合实际、更加人性化、更具有人文色彩的思维模式。倘若我们把新老格言放到现实的大背景下加以考察，便会发现，新格言内涵更宽泛、更和谐，是更高程度的发展，具有更强现代意识的体育理念。

其一，"更人性"是对理想的至高无上的人性观念的执意追求，如此人的价值、人的尊严和人的力量将得到完美的体现和高扬。英国诗人蒲柏说："对人类的真正研究就在于本身。"庞德认为："人是目的。"这无论从哪一角度来说都充分地肯定了人的价值。所谓理想的人、理想的人性观念，又主要是指人的自由、人的个性和人的全面发展这样一些根本问题。按照西方文化中的人文主义思想，人是一种自由的存在者，人与世界的关系根本上是一种自由的关系。人的本性如同一块天然的材料，自然本能和欲望是其基本因素，道德和教育作用是雕塑这块天然材料，使人在社会文化环境中脱出自然状态趋向较高的文明状态，从文化层面理解，这即是指的人的全面发展程度。而这种发展就是人作为人类的一员所具有的潜能、个性和能力的积淀和发挥过程，它是人的自我价值的实现过程，是人的自由和人的全面发展过程，也更是作为有丰富个性的人和人类的完美统一。西方存在主义的代表人物萨特批评马克思主义不重视人、不关心人的全面发展，存在着一个人学的"空场"。这个观点有失偏颇，但对传统的奥运模式以及竞技运动的现状来说却是切中要害。奥林匹克的先驱者们认为，奥林匹克运动的特点及发展方向，应是促进人类更为理想化。而且这也一直是古代奥林匹克运动和现代奥林匹克运动的宗旨，同时更是奥林匹克运动在新时期所要完成的重要历史使命。然而，长期以来，我们并没有完全搞清楚奥林匹克运动和人的关系。或者说，主观良好，却客观相违。在人和奥林匹克运动的关系上，人是目的，奥林匹克运动作为代表人类先进文化的一种形式是实现人的全面发展和人的幸福的手段，手段一定要服从目的，以目的为出发点和最终的落脚点。因此，奥林匹克运动一定要重视人，要研究人，研究人的需要，研究什么是人的全面发展和真正幸福，并不断把奥林匹克发展的战略和目标调整到"人的全面发展"这个根本目的上来。只要这样，新世纪奥林匹克运动才能永远具有生机和活力。

21世纪人类已把人的发展问题提到了一个新的历史高度。作为社会组成部分的体育，将人的发展作为21世纪的最高命题，其根本意义在于将人的价值取向代替"工具"的价值取向，从而突出以人为本的核心理念。基于此，奥林匹克相应地提出了"更人性"的文化格言、从这个意义上就为人的全面发展提供了强有力的文化支持。不仅如此，体育颂扬人性、关爱人生，要求社会从可持续发展角度更多地关注运动员离开奥运赛场进入社会后的工作、学习与生活，解决他们的后顾之忧，并为他们在未来的发展中搭建理想的平台。

其二，"更干净"则体现了人类弘扬体育道德规范的坚定信念，维护奥林匹克运动的公平竞争和纯洁。竞技运动从游戏发展而来，诚实游戏原则是竞技的灵魂。同时，现代奥林匹克运动为人类提供了这样一种机会：人们为了完善自我而参加奥运会。因此，人们从一开始就树立并追求这样一种信念：体育竞争是公平的、纯洁的和博爱的。如果说理想是相对于目标而言，那么"人的尊严"则应指向手段的选择。尊严并不是指个体的虚荣和唯我独尊，而是表现在遵守社会公德的自觉自律。"人的尊严"在竞技中的表现应该是超越自我、超越他人的精神与遵守竞技规则的完美统一。人们对兴奋剂的鄙夷并不仅仅是因为兴奋剂对人体的危害，而是因为它在破坏了公平竞赛原则的同时，服用兴奋剂的行为本身践踏了人的尊严，玷污了人性之美。

在古希腊奥林匹克运动会会场的入口处，就有用贿赂对手的罚金铸成的宙斯铜像，上面镌刻着这样的警句："在奥林匹亚，只能以快腿和体力战胜对手，金钱不可能使你赢得胜利。"现代奥林匹克竞技运动中，兴奋剂被严格禁止使用，假球、黑哨被嗤之以鼻，主要在于它违背了公平、公正竞技的原则。从一次次国际比赛中的丑闻，到禁止违禁者参加奥运会，使我们看到，社会伦理道德问题已越来越凸显为社会发展的主题，这就形成了把体育道德规范的约束作为奥林匹克本质要求提出的客观社会条件。西方哲学家杜威指出："道德在很大程度上就是研究控制别人的本性，所谓控制人的本性也即是改变或疏导它，使之与社会文化环境相互作用更为适应、更理智。"在此，杜威强调了人的本性必须受道德控制，应与社会文化环境相适应。当然，这其中还包括了人的情感、意志、理智、信念、习惯等，现代奥运会创始人顾拜旦认为"复兴奥运会的必要性，在于要用它来提倡对真正的、纯洁的体育精神指导下进行体育锻炼的尊崇和奉献。"此言赋予了奥林匹克运动以高尚的道德观念和精神价值，使之成为高尚的社会文化活动。奥林匹克所提倡的竞争，是奥林匹克精神的核心之一，而公平、规范的竞争是要靠伦理和规则来维护的，除此之外，别无选择。奥林匹克对尔虞我诈的欺骗行为进行坚决抵制，还可以为社会树立良好的道德规范，为经济的健康发展提供一个良好的道德环境。

其三，"更团结"则是人类对奥林匹克和平理想的深切呼唤，寄予奥林匹克大家庭成员在新世纪以更加空前的团结去推动人类社会的和平与发展。众所周知，团结是人类文明的象征，和平的社会环境显然是经济发展首当其冲的条件。奥林匹克运动作为一种社会文化现象当莫能例外。奥运会应当是"人类团结的重要节日"，奥运会期间，"地球村"的村民们载歌载舞、尽情狂欢，各种不同的文化在这里得到交融。它生动地体现了各国人民的亲和和友爱。试想，在一个战争四起、动荡不安的人文环境之下，人类何从谈及体育，奥林匹克运动更无法实现它追求光明、追求社会和平的崇高理想。

脍炙人口的奥林匹克运动的口号："更快、更高、更强"成为现代奥林匹克运动百年来鼓舞人心、振奋精神的标志和箴言。进入新世纪，"更干净、更人性、更团结"的新格言，昭示当代奥林匹克运动将努力克服自身顽疾，沿着"绿色、人文、科技"的奥运目标，不断走向辉煌。它没有虚妄之言，更不是空灵之声，而是表现人类对真、善、美境界的心灵呼唤与追求。

奥林匹克运动新格言具有丰富的文化内涵，它涉及从物质文明到精神文明，从个体到社会、从具体到抽象的各个方面。可以说，它是一个创新意识强、时代气息浓郁、文化品位极高的人文理念。因而必将给当代奥林匹克运动吹去一股清风。值得指出的是，"更干净、更人性、更团结"它们还是相互联系、相辅相成、不可分割的有机体，缺一就不成其为完美的奥林匹克运动。在这三个要素中，更人性是奥林匹克运动的灵魂和核心，也是实现人文奥运的关键所在。

21世纪是现代竞技运动高度发展的时代，奥林匹克运动因科学技术的广泛渗透而变得更快、更高、更强，也因社会价值观的急剧变化，正相应的向促进人的发展的本质功能回归，与此同时，奥林匹克的崇高理想将带来世界大家庭空前一致的大团结。在新世纪开始的时候，奥林匹克新格言决定着新世纪奥林匹克运动以人为本，促进公平竞争和文明、团结、进步的前进方向。

二、公平竞争——让兴奋剂远离奥运

现代竞技体育建立在进取、拓展和成就的理想之上，其特征之一便是其可测量性，所有的成绩都可以量化为秒、米、千克来计分。奥林匹克理想把人类在体育运动中崇尚进取的愿望集中表述为"更快、更高、更强"。然而，在科学技术高速发展、训练水平和运动成绩突飞猛进的今天，要夺取体育比赛的胜利已经越来越难。于是，有一些缺乏实力和自信、在现代高科技设备的精确测量结果和严格的比赛规则面前无法取胜的运动员，就想投机取巧，把获胜希望寄托在使用兴奋剂上。虽然滥用兴奋剂会遭受国际奥委会的严厉处罚，但仍有不少运动员为冠军及奖牌所带来的巨大利益所诱惑，铤而走险，不惜以各种方式滥用兴奋剂。毫无疑问，运动员使用兴奋剂已成为当代竞技体育的癌症，这一问题不可避免地给奥林匹克运动蒙上了阴影。

（一）兴奋剂的分类和检测

1. 兴奋剂的分类

1968年反兴奋剂运动刚开始时，国际奥委会规定的违禁药物为四大类，随后逐渐增加，目前已经达到七大类。虽然在分类时的表述有所不同，但基本上是按照这些物质的药理作用来分类的。

（1）合成类固醇

所有的合成雄性激素类固醇都有与睾酮相似的化学结构，因而具有与睾酮类雄性激素相似的生理作用，能够促进蛋白质的合成、减少分解代谢，因而合成类固醇兴奋剂能够加速肌肉增长，提高肌肉力量。这类药物是使用频率最高、范围最广的一类兴奋剂，最常用的有：大力补、康力龙、苯丙酸诺龙等。

合成类固醇兴奋剂对服用者的危害主要表现为：①会抑制垂体释放促黄体素和卵泡刺激素，从而导致睾丸萎缩和自身睾酮生成减少。②几乎所有的口服合成类固醇制剂都可以引起肝功能异常。动物试验表明，合成类固醇是一种弱致癌物质，它可以诱发、促进肿瘤生长，因此有人认为它与肝细胞癌变有一定关系。③可降低血液中高密度脂蛋白胆固醇的水平，同时导致甘油三酯和低密度脂蛋白胆固醇水平的升高，因而增加患冠心病的危险性。此外还能引起水、盐和氮滞留而诱发高血压。④长期使用可使韧带和肌腱失去弹性，一旦过度拉长，就会造成撕裂。

服用该类兴奋剂的运动员一段时间后会感到肌肉发紧和变硬，甚至痉挛，这可能与水、盐滞留有关。该类兴奋剂对女运动员的副作用是破坏性的，几乎所有的副作用都是不可逆的。包括声带变厚、声音变低、阴蒂增大、脸部毛增多、秃头、皮肤增厚、闭经、过度的攻击行为，与肝功能相关的副作用。对男性性征的影响虽不像对女子性征的影响那样严重，但是会使男性性欲增强或低下、睾丸萎缩、精子生成减少、乳房增大、阴囊痛、肌肉痉挛、明显的皮脂腺分泌增多和皮疹。

（2）刺激剂

刺激剂是对中枢神经系统有强烈兴奋作用的药物，包括苯丙胺、可卡因、麻黄素等。刺激剂可以提高神经系统的兴奋性、增加肌体新陈代谢，使运动者的行为和能力直接得到迅速调整。有人认为，刺激剂可以通过提高肌肉的效率和减少疲劳而延长大强度运动的时间。事实上，这些药物能够促进葡萄糖、糖原和脂肪酸代谢，导致能量更快地消耗，并掩盖疲劳所致过度的兴奋与焦虑，影响运动者的判断能力而使运动中受伤的几率大大增加，造成致命性心率失常、心肌梗死、脑梗死等，甚至会引起猝死。另外，大量服用还可引起短期或长期的行为改变，包括失眠、焦虑、神经过敏、慌乱、攻击行为、偏执狂、幻觉等。

（3）肽类激素及其衍生物

主要包括人体生长激素（hGH）、促红细胞生成素（EPO）和人体绒毛膜促性腺激素等。许多健美运动员认为，生长激素能够使肌肉增大从而在比赛前冒险服用。但动物试验发现，肌肉体积的增大并不是由于肌肉组织增长，而是结缔组织增生所致。这类兴奋剂可使运动员外貌变得粗鲁、皮肤粗糙和颌骨增厚等肢端肥大等。典型的肢端肥大症可发展成肌病、末梢神经病和心脏病，长期使用 hGH 还可以导致糖尿病、关节炎等并发症。

（4）利尿剂

利尿剂是增加排尿的药物，运动员使用利尿剂的目的主要在于：①快速减轻体重；②逃避兴奋剂检查；③排出体内滞留的水和无机盐。从理论上讲，利尿剂能够迅速减轻体重，但大剂量和长期使用利尿剂可使尿中的盐和电解质过度流失，破坏体内的电解质平衡。因体液流失而导致大幅度减体重，会引起腹部和小腿肌肉痉挛。更为严重的是，还有可能因导致心律不齐或心脏衰竭而危及生命。

据国外报道，国际健美比赛中已有一些运动员因大剂量使用利尿剂而死亡。

（5）β-阻断剂（beta blockers）

以抑制性为主，临床常用于治疗高血压与心律失常等，有心得安、心得平、心得宁、心得舒和心得静等。这类药物具有镇静的作用，使用范围主要在技能类难和准确性要求高的项目中，目的是为了减少心脏的过度兴奋，降低焦虑稳定情绪。这类药物是1988年国际奥委会决定新增加的禁用兴奋剂。

（6）内源性肽类激素（endogenous peptide hormone）

该类药物大多以激素的形式存在于人体内，在20世纪80年代以后，成为主要的滥用对象，由于正常人体中存在这些物质，很难区分体液中的这些物质是自身分泌的还是人为使用的，这类药物中比较典型的就是促红细胞生成素，1989年，EPO、生长激素等肽类激素也被列入了违禁药物名单。该类违禁药品主要包括：①人体生长激素：人体生长激素是体内物质，在脑垂体前叶形成，产生后很快进入肝脏，它最主要的功能是促进蛋白合成和脂肪代谢。但作为兴奋剂其药理作用还缺乏依据，其活性数据多数是动物实验结果。由于由人体体液提纯的hGH极其昂贵，因此重组hGH（r-hGH）是目前运动员的主要选择。②红细胞生成素：促红细胞生成素是一种糖蛋白，绝大部分由肾脏产生。其最主要的功能是促进红细胞的生成，提高机体血红蛋白的浓度，改善机体的携氧能力，从而增强人体的耐力。临床上主要用于治疗肾性贫血和一些并发性贫血，而作为兴奋剂使用则是源于它提高机体携氧能力、增强耐力的特性。但长期使用会引起红细胞大量增加，造成收缩压及血液黏稠度上升，左心室肥大，最后导致左心室衰竭，也会造成血管栓塞及中风，甚至死亡。由于EPO具有提高机体携氧能力，增强耐力的巨大作用，且使用后很难被检测到，自1988年出现了与天然EPO活性几乎相同的重组EPO（rhEPO）产品以来，一直受到各国运动员的关注，目前已成为使用最广泛的肽类兴奋剂，也成为目前兴奋剂检测研究的焦点。

与hGH类似，EPO也属于内源性物质，正常人体液中含量很低，半衰期短，个体之间或相同个体在不同环境下EPO浓度差异大，r-hGH、rhEPO与内源性活性物难以区分，这些都给兴奋剂检测带来了很高的难度。此外，还有其他一些内源性肽类激素被用于兴奋剂，如人绒毛膜性腺激素（hCG）、肾上腺皮质激素（ACTH）以及胰岛素等。

（7）血液兴奋剂

血液兴奋剂（blood doping）又称为血液红细胞回输技术，20世纪40年代开始使用，原来是用异体同型输血，来达到短期内增加血红细胞数量，从而达到增强血液载氧能力。进入20世纪80年代，发明了血液回输术，即从运动员本人体内抽出一定数量的血液，经处理后储备待用，赛前1～7天再将血细胞随生理盐水输回原抽血者体内。1988 年汉城奥运会正式被国际奥委会列入禁用范围。

　　总之，随着生物技术特别是基因工程技术的发展和基因重组产品的问世，在利益的诱惑和趋势下，越来越多的违禁药物将会出现，新品种的兴奋剂也会陆续被使用，这都给兴奋剂检测工作提出了挑战。

2. 兴奋剂的检测

　　兴奋剂检测（doping control）是指赛前、赛后甚至平时，各级体育组织派专门的检测人员对运动员进行检测，以确定其是否使用了违禁物质或违禁方法。有尿样检查和血液检查两种取样方式。自国际奥委会在 1964 年奥运会上首次试行兴奋剂检查以来，国际上一直采用的是尿检。直到 1989 年，国际滑雪联合会才在世界滑雪锦标赛上首次进行血检。

　　迄今为止，尿检仍是主要方式，而血检只是作为一种辅助手段，用来对付那些在尿样中难于检测的违禁物质和违禁方法。例如，1994 年利勒哈默尔冬奥会实施的血检，主要是针对异体输血。

　　兴奋剂检查程序主要包括选定接受检查的运动员、采取检样和样品分析 3 个环节。

　　1）选定接受检查的运动员。在体育竞赛开始前，检测机构应同有关单项体育联合会和竞赛组委会进行磋商，确定接受检查运动员的数量及挑选受检运动员的方法。选定受检运动员一般以比赛名次、是否破纪录或抽签结果作为取舍标准，也可根据特殊情况任意指定运动员接受检查。通常采用以下办法：①获得各项目第一名或前几名的运动员必须受检；②获得各项目第一名的必须受检，第二至第八名抽查；③从各项目的优胜者（如决赛前八名）中以抽签方式决定抽查 1 人至数人；④从各项目的全体参赛者中，以抽签方式决定抽查 1 人至数人；⑤在集体项目中，从各队中以抽签方式决定各抽查 1 人至数人；⑥在有纪录的竞赛项目中，凡破世界纪录、洲纪录、全国纪录或运动会纪录者必须受检。

　　兴奋剂检查机构和有关单项体育联合会的医费代表根据竞赛过程中出现的情况，如怀疑某运动员服用了兴奋剂，或对那些成绩有异常提高、被人揭发服用兴奋剂或有其他特殊情况者，有权在赛后立即指定其接受检查。在平时，检测机构还要选择一些著名运动员进有赛外检查。

　　2）采取检样。采取尿样的程序规定得极为周密、严格，最多可列出约 30 款细则。其主要步骤和过程大致如下：检查人员将检查通知单交给被选定接受检查的运动员。运动员在通知单（一式两份）上签名确认后，必须在 1 小时内携带身份证明到指定的兴奋剂检查中心报到。在此期间运动员由检查人员陪同，不得排尿，候检室里应备有足够的密封饮料供运动员饮用。运动员到达检查站的时间及个人情况需要登记在记录单上。运动员还需申报自己最近 3 天来是否服用过任何药物，并由兴奋剂检察官员登记在记录单上。

运动员自己挑选一个干净的留尿杯，当着一名同性检察官员的面，留取至少 75 毫升的尿量，取尿时不得有其他人在场。运动员自己从几套未使用过的、有号码的密封样品瓶（A 瓶和 B 瓶）中挑选一套，先将留尿杯中的尿液倒入 A 瓶 50 毫升，再倒入 B 瓶 25 毫升。经检察官员检测留尿杯中残留的尿，若尿比重低于 1.010 或 pH 不在 5～7 之间，则运动员必须留取另一份尿样。运动员盖紧并加封 A 瓶和 B 瓶后，将瓶子号码和包装运输盒密封卡号码记录在兴奋剂检查正式记录单上，然后将 A 瓶和 B 瓶装入包装盒并在盒上插入防拆密封卡。运动员本人、兴奋剂检察官员和有关体育组织的医务代表均需在兴奋剂检查正式记录单上签字，以证明上述留尿过程是按规定准确无误地进行的。

装有尿样的包装盒必须由指定的监护人运送，运送人和兴奋剂检查站的负责官员应在运送单上签名。尿样包装盒送到实验室后，必须由专门的负责人检查有无破损和偷换、核对运送单与盒内尿样的号码，签字验收，然后才能送交检测分析。

3）样品分析。兴奋剂检测实验室收到尿样后应尽快完成检测分析。样品分析严格采用经国际奥委会医学委员会批准的技术方法。

如果 A 瓶尿样的分析结果为阳性，必须立即书面报告有关当局。兴奋剂检查机构的官员在检查核对后，应立即书面通知有关单项体育联合会，然后再按规定程序通知运动员及其代表团的官员，并尽快确定 B 瓶尿样的检测分析（复检）在同一个实验室进行，但由不同的人操作。反兴奋剂机构、有关单项体育联合会和运动员所属代表团均可派人观察检测分析过程。如果 B 瓶的检测分析结果仍为阳性，则该运动员的兴奋剂检查结果即被判定为阳性。

（二）兴奋剂检测趋势

虽然奥林匹克反兴奋剂斗争形势严峻，但令人感到鼓舞的是，以国际奥委会为首的国际体育组织和各国政府面对兴奋剂并未停止战斗，一场规模空前的反兴奋剂围剿已在世纪之交吹响了号角，奥林匹克反兴奋剂斗争表现出了以下发展趋势：

1. 全球协作，形成强大的反兴奋剂舆论和宣传攻势

在反兴奋剂问题上达成共识，开展全球合作，已成为近年来奥林匹克反兴奋剂斗争的发展趋势。1999 年 2 月，国际奥委会在瑞士洛桑召开了世界反兴奋剂大会，来自世界各地的代表着奥林匹克运动、联合国、各国政府、非政府机构、运

动员以及医疗界的 600 余名代表参加了大会并通过了《洛桑宣言》。被看作是向兴奋剂全面宣战的这次大会通过了《奥林匹克运动反兴奋剂法规》和其他加强世界范围内反兴奋剂斗争的决议。

1999 年 11 月，来自世界五大洲 25 个国家的体育部长和高级官员又在悉尼参加了"国际反兴奋剂峰会"，会议讨论了加强反兴奋剂斗争的策略，签署了国际反兴奋剂协定。这次峰会进一步强化了加强国际合作，全球携手清除兴奋剂的总体态势。

2000 年 11 月，世界反兴奋剂机构理事会在挪威奥斯陆召开会议，通过的决议中也包括国际体育界和各国政府将在反兴奋剂问题上携手合作，协同制定相关的法律、实施药检以及对违规者进行处罚等。

2002 年 3 月，来自世界各地的医学和生物学家、法学专家、政府机构决策官员，以及国际奥委会、世界反兴奋剂机构、各国际单项体育联合会等国际体育组织和运动员代表，出席了在纽约召开的防范使用基因兴奋剂研讨会。代表们一起探讨了作为当代转基因技术的后果，体育界所面临的一系列科学、技术和伦理道德问题，明确表示反对在体育运动中使用基因兴奋剂。

2003 年 3 月 3 日，来自世界各国政府、公共当局、国际体育组织和各国体育组织等的 1000 余名官员和代表参加了哥本哈根世界反兴奋剂大会。大会以支持一项决议的方式通过了最新的《世界反兴奋剂条例》，该《条例》是 21 世纪奥林匹克反兴奋剂斗争的基本纲领，也是各种国际体育组织和各国体育组织必须遵守的反兴奋剂法典。新《条例》规定，今后将对所有国家、所有体育组织和所有项目的运动员执行统一的违禁处罚标准。

2. 加大投入，合作开展药物检测高新技术研究

1998 年，国际奥委会和欧盟合作出资 300 万美元，启动了一个关于红细胞生成素（EPO）和生长激素（hGH）检测方法的研究计划。为了能在悉尼奥运会上推出新的具有威慑性的检测技术和方法，一个由多国科学家联合组成的研究小组争分夺秒地加紧进行该项研究。

1999 年，澳大利亚政府也为澳大利亚兴奋剂检测实验室专门拨款 300 万澳元，用于高难度的兴奋剂检测研究，其中包括在悉尼奥运会上检测红细胞生成素（EPO）的计划。2000 年 5 月，澳大利亚政府又给澳反兴奋剂机构增补 100 万澳元经费，用于在奥运会期间对运动员进行血液 EPO 检查。

2000 年 8 月，在历时几年的关于检测 EPO 新方法的研究获得成功的基础上，国际奥委会正式批准在悉尼奥运会上进行血检和尿检相结合的 EPO 检测。

在 2002 年盐湖城冬奥会上，也依照悉尼奥运会模式，进行了血检结合尿检

的 EPO 检测，并依靠经过改进和提高的检测技术，查获了违禁使用第二代 EPO 的 3 名滑雪运动员。目前，国际奥委会资助的其他药物检测研究项目也已取得了进展，在 2004 年雅典奥运会上，有望实施对生长激素的检测。

3. 成立专门反兴奋剂机构，统一监管全球反兴奋剂工作

没有一个得到各国认可的统一监管全球反兴奋剂工作的权威机构，没有统一的反兴奋剂规章法则，没有统一的禁药名单和处罚标准，"政出多门，各行其是"，一直是困扰奥林匹克反兴奋剂斗争的难题。经过国际奥委会多年的努力，在各种国际体育组织和各国政府的支持下，如今"统一"大势已见端倪，且不可扭转。

1999 年 11 月 10 日，世界反兴奋剂机构（WADA）在瑞士洛桑成立。国际奥委会为该机构提供了 2500 万美元的启动资金。该反兴奋剂机构的任务包括实施和扩大赛外检查、加强国际合作研究、制订反兴奋剂教育计划、逐步统一药物检测分析和使用仪器设备的科学技术标准与程序，以及每年制定和公布禁药名单。

悉尼奥运会开幕前，成立不到一年的世界反兴奋剂机构就已经在全世界 82 个国家实施了 2043 例赛外兴奋剂检查。所有 28 个夏季奥运会项目和 7 个冬季奥运会项目的国际体育组织都已经同世界反兴奋剂机构签订了赛外检查协议。

2000 年 11 月，全世界 30 个国家的政府同意并做出承诺，从 2002 年起，将共同出资承担世界反兴奋剂机构 50% 的经费。这表明已有越来越多的国家认识到"统一"的必要性，决意采取联合行动，承担自己的一份责任。

进入新世纪后，在医生出身的国际奥委会主席雅克·罗格的领导下，奥林匹克反兴奋剂斗争加快了前进的步伐。国际奥委会近年来多次召开国际会议，研究修改《奥林匹克运动反兴奋剂法规》。由世界反兴奋剂机构主持召开的哥本哈根反兴奋剂大会决定，在 2004 年雅典奥运会之前正式执行《世界反兴奋剂条例》，实施统一的使用兴奋剂处罚标准，这改变了各个国际单项体育联合会处罚标准不一致的现状。

回顾奥林匹克运动的百年沧桑，现代竞技体育发展进程中的政治介入和商业化助长了兴奋剂的泛滥；展望未来，奥林匹克运动尚无法摆脱兴奋剂问题的困扰，世界范围内使用与禁用兴奋剂的斗争，还将长期进行下去。

（三）北京奥运——向兴奋剂说不

1. 中国反兴奋剂中心——承担北京奥运会检测任务

2007 年 11 月 12 日，作为国家体育总局新增的一个隶属机构，中国反兴奋剂

中心正式挂牌"营业"，国家体育总局副局长段世杰、中国反兴奋剂中心首位主任杜利军共同为中心揭牌（图2.3）。新成立的中国反兴奋剂中心，标志着一个国家级的、独立的、专业的反兴奋剂机构诞生，它将进一步加强和完善我国反兴奋剂工作的组织和管理、运行机制和职能。

图2.3　中国反兴奋剂中心揭牌成立

中国反兴奋剂中心是经中央编制委员会办公室批准，隶属于国家体育总局的全新机构。该中心核定事业编制60人，设主任1名、副主任2名，其中主任由现国家体育总局运动医学所副所长杜利军担任。整个反兴奋剂中心下设兴奋剂检查、教育信息等6个部门，现有人员由体育总局运动医学研究所部分人员和中国奥委会反兴奋剂委员会有关人员组成。据介绍，北京奥运会时，在中国反兴奋剂中心工作的检测工作人员将有150名，其中包括20名外国专家。

由于中国反兴奋剂中心首先要承担的重任便是2008年北京奥运会的反兴奋剂检测任务，而且北京奥运会的检测数量又大大超过以往，相比世界上同类的兴奋剂检测实验室，目前我们的兴奋剂检测中心占据面积最大，设备最先进。根据国际奥委会的要求，北京奥运会赛时兴奋剂检测中心将设立独立安保圈，并实施24小时武装保卫，每日接收由指定样品传送商运至的来自京内外各竞赛场馆收集的样品，检测中心的150余名国内外兴奋剂检测专家及工作人员，将24小时不间断进行样品的分析工作，及时、准确提供检测报告，确保北京奥运会4500例样品检测工作的高质量、高效率完成。

中国反兴奋剂中心的成立，不仅是中国反兴奋剂工作的一件大事，也是世界反兴奋剂工作进程中的重要事件。该中心的成立，一是有利于协调政府各部门反兴奋剂的相关工作，形成反兴奋剂工作的整体合力。反兴奋剂工作涉及多个领域，一些措施需要多个部门协同配合才能有效实施，反兴奋剂中心可以在其中发挥协调作用。二是有利于提高反兴奋剂工作的专业化水平。成立国家反兴奋剂中心，有利于我们建立一支专门的队伍，长期专注于反兴奋剂工作。通过加强反兴奋剂的宣传教育、研究分析有关信息、加强兴奋剂检查和检测、协调和指导各类体育组织和部门开展反兴奋剂工作，从而提高反兴奋剂工作的科学性和有效性。三是有利于加强反兴奋剂工作的国际交流与合作。兴奋剂问题是国际体育界面临的共同问题。通过国际交流和合作来预防和打击使用兴奋剂，是国际社会的共识。加强这方面工作，有助于形成对我国反兴奋剂工作有利的国际舆论环境，有利于借鉴国际社会反兴奋剂工作的经验。

2. 北京奥运会兴奋剂检查原则——严而不滥

自从 2001 年 7 月罗格就任国际奥委会主席以来，国际奥委会的反兴奋剂力度空前强大。在即将到来的北京奥运会上，兴奋剂检测数量将达到史无前例的 4500 例，比 2004 年雅典奥运会时增加了 25%。然而，严厉查处并不等于滥用执法权。北京奥组委运动会服务部反兴奋剂处处长陈志宇在接受某报记者采访时表示，北京奥运会的兴奋剂检查工作严厉中不失人文关怀。

（1）揪出瘾君子，以运动员为本

陈志宇说，兴奋剂检测数量多了，意味着对运动员的监控面更广。然而，大型赛事期间，兴奋剂检测数量并非多多益善。

"从兴奋剂检查工作本身来讲，最好当然是对每名运动员每天查一回，但这不现实。将来也不太可能，除非改进现有的兴奋剂检测方法，"他说，就现行的兴奋剂检查手段而言，一天检测一回成本太高，而且频繁的检测会极大地影响运动员的正常训练和休息。因此，检测数量不是越多越好，反兴奋剂工作的关键是确保检查分布的科学性与合理性，提高检测效率。

陈志宇认为，兴奋剂检查工作应当遵循两个原则：第一，不放过任何一个"瘾君子"，全力为运动员创造一个公平竞赛的环境；第二，以运动员为本，一切为运动员服务。

对于第一个原则，从事反兴奋剂工作已有 10 余年的陈志宇坦承，将使用兴奋剂的选手百分之一百抓住其实只是一个目标，真正实现有相当大的难度，"毕竟，有很多其他因素可能会干扰检测结果"。

但对于第二个原则，他坚信北京奥运会一定可以做到。"对大多数运动员而言，奥运会是其一生中只有一次的机会。因此，一方面我们要为他们提供公平竞赛的环境，另一方面要尽可能地减少对他们的干扰，"他说，"为此，我们在制定兴奋剂检查分布计划上下了很大工夫。"

（2）重点项目多，集体项目严

陈志宇说，从国内的情况来看，有些项目因为历史上兴奋剂检测阳性率较高而被划为"高危"项目，但国际奥委会对所有项目都一视同仁，在其眼里，不存在"高危"和"低危"之分。因此，雅典奥运会时每个小项都一律查 5 名运动员。不过，这种状况有望在北京奥运会上得到改变。

"我们的一个原则是有区别地制定兴奋剂检查计划，"陈志宇解释说，每个项目进行多少例兴奋剂检测，将依据其含有的小项数量、运动员人数以及往届奥运会上发生兴奋剂检测阳性事件的概率而定。在一些重点控制的项目中，每个小项可能会查 7 名运动员，其余项目至少也会查 5 名。但他同时表示，北京奥组委目前正就此和每个国际单项体育联合会协商，最终方案须经国际奥委会批准后才能确定。

对于足球、篮球、排球等集体类运动项目，陈志宇表示，虽然其金牌数量少，但影响力大。鉴于近年来国内外职业足球联赛中时常爆出兴奋剂丑闻，在北京奥运会上对集体项目的兴奋剂检查力度将比以往大。

（3）尿样和血样，运钞车押送

安全保卫要求最高的，既不是运动员村或记者村，也不是国际奥委会的总部饭店——北京饭店，而是中国兴奋剂检测中心大楼。

"作为北京奥运会的非竞赛场馆，中国兴奋剂检测中心大楼可能是所有奥运场所中安全保卫要求最高的，"陈志宇说，国际奥委会规定，负责兴奋剂样品检验的实验室除了要有实体围墙或围栏外，还要有武装警卫把守，大楼内还必须安装 24 小时不间断监控设备。不仅如此，就连运动员送检的尿样和血样也将"享受"武装护送的待遇。陈志宇介绍说，国际奥委会要求，在奥运会期间，检测样品必须武装押运。雅典奥运会时，组委会就是委托了一家快递公司负责运送，但每辆车上都配有警卫。

"明年奥运会时我们就用银行运钞车来运送样品，只不过车身上可能会贴上兴奋剂检测专用之类的标签，"陈志宇表示，如此高规格的保卫措施是为了把发生意外的几率降到最低，确保样品能够安全、迅速送达。

"样品对于别人可能一钱不值，但对于运动员可太重要了。因为整个兴奋剂检查工作都是不可逆的。一旦出了问题，再重新收集样品，检测结果就可能完全不同。"他说。

3. 展望北京奥运反兴奋剂工作

我国从 20 世纪 80 年代中期开始发展兴奋剂检测技术，在当时各方面条件都非常困难的情况下，筹建了自己的兴奋剂检测中心。1989 年，中国兴奋剂检测中心正式通过国际奥委会的考试，取得了资格。此后连续十几次获得世界反兴奋剂机构（WADA）的 A 级实验室检测资格认证。

　　现在我们面临的问题，也是全世界共同面临的问题。目前国外能做的检测，我们都能做。2008年北京奥运会的兴奋剂检测的重点是提高常规检测灵敏度的技术，以提高检测的准确率和简化教程。

　　在2004年雅典奥运会上，就有几名国外运动员在自己国内未被检测出来，但到雅典就被检测出呈阳性的事件。这就是国家自己的检测系统灵敏度不够，给了运动员一个错误的信息，认为他们出国比赛一定没问题。要保证2008年中国代表团在家门口比赛不出服用兴奋剂的丑闻，就必须提高常规检测的灵敏度，或者改进自己的检测方法。

　　还有一个问题是检测速度，把使用违禁药品和用法的运动员挡在奥运大门之外。如果金牌都发到运动员手中了检测结果才出来，发现运动员服用违禁药品了，会让本来庄严的奥运会变得有些像闹剧。2000年悉尼奥运会虽然解决了通过血检的方法检测EPO，但这种方法准确率不高，还需要通过尿检来确定，但尿检的过程太复杂，共有187个步骤，且都需人工完成。另外，2004年的雅典奥运会就已出现了基因兴奋剂，国外对这个已经重视并开始研究，中国也应加强这方面的研究力度，缩短兴奋剂检测的报告时间研究。

　　基因兴奋剂是指通过改良遗传学成分来使机体产生更多激素、蛋白或其他天然物质，从而增进运动能力。基因兴奋剂是随着基因治疗技术的发展而诞生的，其与普通基因治疗的不同在于将服务对象从患者变成了健康的职业运动员。有体育官员和科学家们预测，没有基因兴奋剂介入的奥运会将成为历史，2004年雅典奥运会可能是最后一届这样的运动会，甚至有理由担心2008年的北京奥运会将面临基因兴奋剂（尤其是肌肉基因兴奋剂）的严峻挑战！对肌肉基因兴奋剂的关注源于美国宾夕法尼亚大学Sweeney等发表Journal of Appliecl Physiology上的文章。Sweeney等的初衷是想通过基因治疗来造福那些因衰老或疾病导致肌肉营养不良的人，主要包括以下几类：一是老年人，二是肌营养不良性疾病，常见类型为Duchenne肌营养不良症：一种是缺乏抗肌营养不良蛋白（dyst rophin）的遗传性疾病；另一种是宇航员和长期卧床者的废用性肌营养不良。卫星细胞为肌肉特异性干细胞，其分裂增生所产生的一部分子代细胞可与肌纤维融合，并将它们的核贡献给肌纤维。这个过程受促生长因子和抗生长因子的影响，胰岛素样生长因子（IGF-1）可促进卫星细胞分裂，而肌细胞生长抑素（myostatin）则抑制其增殖，因此可以针对这些影响因素来设计增强肌肉的方法。

　　让人感到棘手的是，基因兴奋剂和此前的兴奋剂药物不同，尿检和血检均不能有效查出。而且，根据不同竞技项目的要求，基因技术能够对人体不同部位的肌肉进行特定的改造。日本名古屋大学教授押田芳治认为，利用修复受伤器官的再生医疗技术等研究成果，"制作"出一个鼎盛时期的卡尔·刘易斯并非没有可能。然而实际上，基因研究和体育的关系越来越紧密。迄今已发现100余个与增强肌肉和肺活量有关的基因，发达国家正解析优秀选手的基因，比较其碱基对和正常人的差异。如果将来有人采用根据运动员的基因信息进行"个体练习"的训练方法，打出这么一个"高科技"的旗号，那么按照目前的反兴奋剂标准似乎就很难给出一个或是或非的定论了。无疑就大大增加了反兴奋剂的难度。

总之，悉尼奥运会上，澳大利亚人解决了EPO的检测问题；雅典奥运会上，希腊解决了生长激素的问题。那么我们也希望在2008年奥运会上，中国在兴奋剂检测的基础上能够有一些新的成果、新的亮点。用强有力的技术手段和一流的人员配备，保证我们的2008年北京奥运会的反兴奋剂工作顺利、出色、高效的完成。

（四）玛里昂·琼斯——昔日英雄成为阶下囚

玛里昂·琼斯——地球上跑得最快的女人（图2.4），历史上第一个获得5枚奥运奖牌的田径女选手。人们曾经把所有美好的词汇，都赋予了这个非洲裔美国女性。可是今天，当我们再提起这个名字时，想到的却是兴奋剂和阶下囚。

北京时间2008年1月12日凌晨，美国著名田径明星玛里昂·琼斯在纽约韦斯特切斯特郡联邦法院接受了审判。因在接受服用禁药调查时撒谎以及卷入一起伪造支票案，法官因此宣判琼斯入狱6个月。

尽管玛里昂·琼斯在法庭上流着泪恳求法官念在自己孩子年龄尚小的份上，不要把自己和孩子们分开，但法官卡拉斯还是对这位曾经的美国田径传奇人物做出了入狱6个月的判罚。

图2.4　玛里昂·琼斯在雅典奥运会上

在法官宣判后，琼斯靠在自己丈夫汤普森的肩上边哭边说"我恳求您，希望您能像常人那样有一点点的仁慈。我没法和我的两个孩子分开哪怕一会儿。"不过卡拉斯倒是铁面无私，做出了检举人提出的最高刑期判罚。

卡拉斯表示"在这个社会中田径选手有着极高的地位，他们给人们带来欢乐，能够激励人们，或许更重要的是他们是一个行为榜样。当欺骗变得普遍时，那就是在传递错误的信息。"做出入狱6个月的判决是"普通威慑力的需要，也是尊重法律的需要。是对那些滥用兴奋剂和不重视'刻苦、奉献、团队和体育精神'的运动员的一个警告。"

琼斯对此判罚态度是"非常失望"。她说："如人们所想，今天我非常失望。但我尊重法官的判决，我真的希望人们可以从我的错误中汲取教训。我知道当孩子们问我关于这件事的那一天很快就会来到，我想坦白一切，让他们不要犯同样的错误。"

实际上，琼斯的律师甚至检举人都不想将这位美国人的偶像送到监狱之中，不过法官却并没有给琼斯留丝毫情面。根据媒体报道琼斯将在 2008 年 3 月 11 日开始入狱服刑，并且除半年牢狱刑期外，琼斯还需要接受为期 2 年的受监督释放以及在此期间必须进行 800 小时的社区服务。就是说，琼斯在监狱里呆完 6 个月之后，出狱后还要在接下来的 2 年内，需要接受有限制的监控，并在这期间进行 800 小时社区服务。

三、体育外交——和谐竞争绽放出的美丽"花朵"

体育以其群众参与广、社会影响大而十分适合作为对外接触、交往的手段。对外体育交往是一个国家强盛、开放的表现。新中国对外体育交往不仅是我国改革开放的需要和重要标志，而且是我国综合国力增强、国际地位提高的象征。对外体育交往工作亦是我国外交战略不可缺少的组成部分；是加强与各国人民友好往来，扩大我国政治、经济影响的重要渠道；是同世界各国建立友好关系的桥梁。从新中国成立到申奥成功，对外体育交往一直在我国的外交工作中发挥着重要作用。回顾新中国外交与对外体育交往的历程，总结经验，对我国体育事业的整体发展有着重要的启迪作用。

俗话说："弱国无外交"，中国的近代史是一部丧权辱国、割地赔款的屈辱史，旧中国对外体育交往的悲惨命运也就可想而知。1932 年，当中国运动员第一次走进奥运赛场的时候，适值中国"九一八"事变前后，国难当头。由于国民党政府的腐败无能加之经济拮据，使得中国运动员刘长春在经过两个多月的跋山涉水抵达比赛地点——美国洛杉矶之后，身心极度疲惫，在预赛中即惨遭淘汰。

随着 1949 年 10 月 1 日天安门广场五星红旗的冉冉升起，我国对外体育交往的历史揭开了新的一页。对外体育交往被新中国党和国家领导人誉为外交工作的"先行官"和"轻骑兵"。

1. 从新中国成立到 20 世纪 60 年代末

（1）与苏联和东欧国家的体育交往

新中国成立时，面临的国际环境相当恶劣。以美国为首的西方国家对新中国实行孤立、封锁的外交政策。因此，突破西方国家的层层阻碍，获取有利的国际环境是这一历史时期我国外交战略的首要任务。毛泽东主席出于实现国家完全独立和维护世界和平的根本利益，用"另起炉灶"、"打扫干净房子再请客"和"一边倒"的三大决策，回答了新中国外交方针的三大问题。"另起炉灶"就是不承认国民党执政时期旧的外交关系，着手建立新的外交关系。"打扫干净房子再请客"就是要消除美帝国主义等的在华特权及其影响，将外国客人请进来。"一边倒"就是要站在苏联和其他社会主义国家的一边。

新中国的对外体育交往就是在这样的历史背景下破土而出。为打破国际敌对势力的封锁，树立奋发向上的国际新形象，新中国根据"一边倒"的外交方针，着力开拓了与苏联和东欧国家的体育交往；并通过与亚非拉国家的体育交流，不断拓展国际活动空间，提高新中国的国际政治威望。通过体育交流，增进了同社会主义国家的团结和友谊。

1949年派出的中国学生篮球队是新中国第一个出国体育代表团。他们参加了在布达佩斯举行的第二届世界青年与学生和平友谊联欢节及第十届世界大学生夏季运动会，并得到与会代表的热烈欢迎。进入20世纪50年代，新中国运动员多次参加在世界各地举行的世界青年联欢节。1950年，苏联男子篮球队来华访问，这是新中国接待的第一个外国体育代表团。同年，新中国组团对苏联进行了为期两个多月的访问，对苏联体育运动的组织机构、干部培训、管理体制和学校体育等方方面面进行了全面细致的学习和考察。1954年，新中国政府派出128人的体育代表团参加了第12届世界大学生运动会。大会期间，中国与苏联、匈牙利、捷克斯洛伐克、罗马尼亚、保加利亚、民主德国、南斯拉夫、阿尔巴尼亚等国家进行了广泛的体育交流。我国还通过参加苏联与东欧举办的重大国际赛事，接触到了西方未建交国家的青年和上层人士，促进了他们对新中国的了解和支持。我国党政领导人对体育的独特"民间外交"作用给予了充分肯定。这些成就的取得，充分体现了我国当时"一边倒"外交政策的指导思想，在新中国对外体育交往中占有首要地位。

通过交往，逐步形成了新中国体育发展的基本思路和框架。1954年，贺龙副总理亲自率团进一步访问和考察了苏联体育的组织领导及管理制度。同一时期，苏联、波兰、民主德国还为新中国培养了体操、游泳、田径、足球等项目的运动技术和管理人才。学习和借鉴苏联体育，为摸索一条发展体育的中国式道路积累了经验，奠定了进入世界体育强国之林的基础。1953~1956年，新中国对外体育交往达185起，300多人次。这些活动对于增进中国与世界各国人民和运动员的了解和友谊，推动新中国体育运动的发展，都起了积极的作用。

（2）与亚非拉国家的体育交往

新中国党政领导人当年根据政治、外交的需要，亲自接见具有国际影响力的体育界人士和代表团队，这对于开拓国际关系新局面具有深远影响。如1956年2月6日毛泽东主席在中南海接见了来访的南斯拉夫足球队，请他们转达对铁托总统的问候并提出派中国足球队回访南斯拉夫，随后铁托也接见了到访的中国足球代表队。中南两国通过体育互访活动增进了彼此之间的友谊、加深了相互之间的理解。1959年2月第3届世界男子篮球锦标赛上，苏联、保加利亚因为反对"两个中国"拒绝与台湾比赛而被取消了决赛成绩，为表达中国政府的谢意，周恩来总理于当年2月18日亲自出席观看来华访问的保加利亚排球队比赛，并接见了担任团长的保体委主任。由此可见，新中国的对外体育交往是服从并服务于政治和外交需要的。同时，我们也从中看到了新中国党政领导人驾驭国际风云的非凡智慧及其人格魅力。

新中国成立后，中国领导人积极开展了对日的民间交往，日本各方有识之士，为了实现两国关系正常化也积极奔走，中日之间开展了多种民间贸易和文化交往。1959年日本已故著名政治家松村谦三先生访华，提出了学打太极拳的要求，立即得到了周恩来总理的支持。日方人员把太极拳教材和电影带回日本，广泛宣传，产生很大影响，使很多日本友好人士对太极拳产生兴趣，列为友好交流的一项内容。1961年，新中国举办了第一个世界规模的国际赛事：第26届世界乒乓球锦标赛。来自各大洲32个国家和地区具有不同肤色、不同宗教信仰、不同文化背景的运动员汇聚北京，互相交流、切磋乒乓技艺，增进了彼此之间的相互了解和真挚情谊。期间，周恩来总理亲自出席了欢迎来华的日本乒乓球队的宴会，这为中日邦交的正常化埋下了重要的伏笔。

1954年万隆会议之后，我国与亚洲国家关系得到较大的发展。20世纪50年代后期到60年代，亚非拉民族独立运动风起云涌，新独立的国家纷纷与我建交，并与我国进行了广泛的体育交流。其中最重大的体育交流活动是：1963年11月，我国派遣了历史上规模最大的体育代表团参加了在印尼雅加达举行的新兴力量运动会，贺龙副总理亲自出席。这是新中国首次全面参加的综合性大型国际比赛。中国运动员在本次运动会上共获得66项冠军并打破了一些项目的世界纪录。从那时起，中国同亚非拉的体育交往人数开始上升到主要位置。新兴力量运动会的巨大成就和新中国运动员的优异表现，向国际社会充分展示了新兴国家的团结和力量。同时，新中国作为国际政治舞台上一支"爱好和平，主持正义"的新兴力量，获得了更多发展中国家的理解和支持。

（3）与国际奥委会

国际奥委会在促进国际体育事业的发展，维护世界和平，增进各国友谊方面发挥着重大作用。但它从成立之日起就一直面临种种政治问题。第二次世界大战后，政治对奥林匹克运动的影响尤其直接和明显，这方面的例子俯拾皆是。例如，"台湾问题"就引发了中国在国际奥委会的代表权之争。1952年，新中国首次参加了在赫尔辛基举办的第15届奥运会。国际奥委会于1954年正式承认中华全国体育总局为中国奥委会，但由于当时国际奥委会的某些负责人企图制造"两个中国"或"一中一台"的局面，拒绝中国提出的关于撤销台湾体育组织作为国家奥委会的议案。以美国为首的西方敌对势力更是长期拒绝承认新中国，试图在国际社会制造"两个中国"的既成事实。中国奥委会在经过斗争后，为维护国家统一和国家尊严，于1958年8月宣布断绝与国际奥委会的关系。这一时期新中国对外体育交往面临着重重干扰和困难，但是新中国体育表现出了宁折不屈的民族气节，树立了不畏强权的新形象。

2. 从20世纪70年代初期到80年代中期

（1）对外体育交往的辉煌成就——"乒乓外交"

20世纪60年代末、70年代初，新中国出现了"内忧、外患"的困境。"内忧"是："文化大革命"使国家的政治、经济、文化严重混乱，国际体育活动几乎被取消；"外患"是：新中国的国家安全受到两个超级大国的严重威胁。60年代末，苏联在中苏边界陈兵百万，对我国构成了直接威胁。同时，以美国为首的西方反华集团继续对中国实行封锁政策。如何化解两面受敌的困境，调整对外战略，是我国领导人极为关注的问题。"乒乓外交"就是在这样的历史背景下产生的。

1971年，周恩来总理肯定了"文化大革命"前的17年体育工作的成绩。毛泽东主席、周恩来总理决定派中国乒乓球队去日本参加第31届世界乒乓球锦标赛，并决定邀请美国乒乓球队访问中国，这一举动震惊了全世界，打开了中美之间尘封20多年的大门，成为中美两国复交的起点。1971年4月10~17日，美国乒乓球队对中国进行了为期1周的访问，并于4月14日在人民大会堂受到了周恩来总理的接见。就在这次接见的当天，美国总统尼克松宣布了5个对华政策新步骤，一定程度上结束了长达20年之久的对华贸易禁令。3个月后，美国总统特使基辛格秘密访华，双方发表了有关尼克松总统访华的公告。"乒乓外交"的历史意义不仅在于开启了中美的直接交往，而且对中日邦交的正常化也产生了不可忽视的影响：日本乒乓球协会就邀请中国参加名古屋世乒赛同中国乒乓球协会达成了一个会谈纪要，日方主动做出承诺，即遵守周恩来总理1958年7月会见日本社会党代表团时提出的"日中关系政治三原则"，也就是不执行敌视中国的政策，不参加制造"两个中国"的阴谋，不阻挠日中两国关系的恢复。纪要签署后的第二天，即 1971 年 2 月 2 日的《朝日新闻》发表评论说："日本方面承认了政治三原则，这就打开了日本和中国进行乒乓球交流的道路。今后不仅是体育，在推进文化和经济方面的交流时，也将继承这次'乒乓球方式'。"

"乒乓外交"的成就在于：开创性地成功探索了通过人民之间的体育交往来促进国家与国家之间的相互交流和相互了解，在中美关系走出僵局的历史关键时刻，充分发挥体育外交的作用，对促进中美顺利进行政治谈判，终止敌对状态，最终实现良好的外交关系，起到了重要作用。在当代国际政治关系上，国际体育交流不仅丰富了一个国家的外交途径而且还往往成为结束许多长期难以解决的政治难题的先导。

自中美关系打破僵局之后，仅 1972 年和 1973 年两年间就有 33 个国家和我建交。在这样的外交形势下，许多国家纷纷提出与我国进行体育交往的要求。但当时国内的"文化大革命"尚未结束，对外体育交往在总体上很难得到相应的发展。此外，由于中苏关系的恶化，从 1968～1980 年两国一直没有双边体育交往活动。直到 1981 年，我国才恢复与苏联及其他东欧国家的双边体育交往。自1963 年到苏联解体的 1991 年，中国与苏联东欧体育交往的规模远远不及 1953～1962 年的规模。可见，中国与苏联东欧的体育交往随着国家政治关系的冷热而大起大落，这体现了对外体育交往服从并服务于政治的强烈趋向。

（2）重返国际奥运大家庭

随着我国在联合国合法席位的恢复和"文化大革命"后各方面对外交往的日益增多，不论是对中国还是对国际奥委会，恢复中国在奥林匹克运动中的合法地位都更加紧迫地摆上了议事日程。1979 年 10 月 25 日，国际奥委会通过投票表决的方式恢复了我国在国际奥委会的合法席位。原来设立在台北的奥委会，作为中国的一个地方组织机构保留在国际奥委会内。这为我国对外体育交往创造了绝好的外部环境。国际奥委会官员评价说："10 亿中国人民将有代表参加奥运会，奥林匹克精神将重新普及全世界。"

中国奥委会 1958 年宣布退出国际奥委会后，经过了 26 年的奋斗，于 1984年组织了有史以来最大规模的比赛队伍，参加了在美国洛杉矶举行的第 23 届夏季奥运会。射击运动员许海峰赢得了中国历史上第一枚奥运会金牌，实现了奥运会金牌"零的突破"。在此届奥运会比赛期间，中国体育代表团同美国组委会、美国人民、各国代表团以及各界友好人士进行了广泛的接触，积极联络，扩大了中国的国际影响。美国《基督教科学箴言报》和《华尔街日报》认为中国体育代表团可以获得"外交金牌"和"友善奖"。在这一阶段，中国同几乎所有的亚洲国家和地区的体育组织建立了广泛联系，对非洲、大洋洲、南美洲国家的体育交往也明显增多。总之，我国对外体育交往无论在规模上还是在层次上都有很大的提高，世界各国亦对进入改革开放新时代的中国有了新的了解。

3. 从 20 世纪 80 年代中期至今

（1）我国对外体育交往空前活跃的时期

自 20 世纪 80 年代以来，国际体育事业和国际体育交往日益繁荣。整个社会、社会单元和个人参加体育的目标越来越复杂，经济、文化、健身、娱乐、休闲、社交等多种体育目的为人们广泛接受。与此相应，我国的对外体育交往也呈现出了多元化的趋势。但在世界多极化和经济全球化的国际环境下，国与国之间的体育交往依然受到政治的制约，只不过在形式和内容上不同于 20 世纪 50～60 年代罢了。这一阶段，中国对外体育交往不仅在交往规模上越来越壮大，而且在交往内容上也越来越丰富多彩，进入了一个空前活跃的新的发展时期。中国和国际体育组织之间的交流与合作活动频繁。跨国体育人才交流也已成为中国对外体育交往的重要组成部分，一些著名的中国运动员甚至因此而一跃成为国际体育明星，从而作为中国人民和平、友好的使者频频出现在国际体育赛场。对外体育交往起到了振奋民族精神、增强民族自信心、推动经济发展、扩大政治影响和提高国际威望的重要作用。

众所周知，国际形势的发展变化和国际关系的亲疏冷暖将会直接影响国际体育交流活动的正常开展。但是，我们也要看到国际体育交流亦会影响国际政治的走向，有时对于打破国际僵局，战胜政治压力可起到机动、灵活的推动作用。例如，1989 年春夏之交的政治风波之后，以美国为首的西方敌对势力打着"人权"的旗号，对中国进行了所谓的外交和经济制裁。1990 年 9 月北京利用举办第 11 届亚运会之际，借助体育外交的手段，加强了与亚洲各国的体育交流，消除了误会，赢得了理解和支持，从而打破了"六四风波"后西方对于中国的外交制裁，澄清了舆论、消除了误解，为中国政府和人民赢得了国际社会更多的理解和支持。对外体育交往已起到国家形象代言人的作用，日渐成为促进国际关系发展中不可低估的力量。

1990 年至今，我国同周边国家的睦邻友好关系不断巩固，同发展中国家的团结合作继续发展，同西方国家的关系得到改善，同各种国际组织和机构的合作得到加强，多边外交活跃，成效显著。国家经济体制开始向有中国特色的社会主义市场经济转变。伴随着我国综合国力的不断增强，中国体育亦取得了惊人的非凡成就。自第 23 届奥运会取得首枚金牌到第 28 届奥运会，中国运动员共取得了 110 多枚奥运金牌。不仅如此，中国运动员还在世界各种大赛中数千次奏响了中华人民共和国国歌，五星红旗在世界各地体育赛场上迎风飘扬。从 20 世纪 80 年代中期至今，中国对外体育交往的最大成就莫过于北京成功获得 2008 年奥运会的举办权，这是中国体育实现腾飞的一个里程碑，是奥林匹克运动与中国体育相互融合的绝好契机。同时，通过申奥向全世界广泛宣传了中国改革开放以来取得的巨大成就和北京日新月异的发展变化。

（2）北京成功申奥的巨大成就

北京成功申奥的背后有着一段曲折的历程。1991年2月22日，北京市向中国奥委会递交了承办2000年第27届奥运会的正式申请书。之后，北京的申办成功势头一直被持续看好。但是，在申奥的冲刺阶段，中国受到了来自西方某些国家的联手攻击。例如，美国、德国和澳大利亚分别展开了将北京申奥同"6-4风波"相联系以诋毁中国人权状况的活动。英国《泰晤士报》则发表了题为《北京不应该主办千禧年奥运会》的文章，英国外交大臣赫德竟然宣称："如果选择北京，将是一个糟糕的主意。"甚至连根本就不是申办国的美国也公然反对北京举办2000年奥运会，并要求国际奥委会的美国委员投北京反对票。众多的恶意和不友好的政治氛围使北京以两票之差落败。通过这次申奥的失败，我们越发清醒地认识到：体育不能脱离开政治而单独存在。国际政治斗争会严重影响国家对外体育交往的正常开展。申办2000年奥运会失败之后，我国对外体育交往扎扎实实努力工作，不断提高整体实力。在我国国际地位不断提高、政治日益稳定、经济持续高速发展的背景下，全中国人民团结一致、众志成城，终于成功获得2008年第29届奥运会的举办权。

如果说"乒乓外交"是我国在特定历史时期取得伟大体育外交成就的一种尝试，那么北京成功申奥更是中国体育外交日趋成熟的卓越表现。一次成功的国际体育交流活动，往往能同时成为一个国家升华民族精神的亮点、世界舆论关注的焦点和拉动经济起飞的支点，其功效远远比通过纯官方途径所进行的宣传行为要生动、活泼得多。北京成功申办2008年奥运会，对于中国的体育运动事业有着划时代的意义。奥运会是世界范围内的体育盛会，在维护和平、增进友谊、促进文明方面具有独特的作用。选择奥运作为中国体育的最高层次代表了中国体育与世界体育融合的决心和勇气。通过申奥，中国向全世界展示了改革开放取得的辉煌成就，在政治、经济、文化等各方面发生的巨大变化，让世界更好地了解了中国，大大提高了我国的国际影响。举办奥运会是一次与国际政治、经济融合交流的机会，它必然会推动中国市场经济建设的发展。奥运会的举办，将全面促进中国在体育场馆建设、竞技运动成绩提高、群众体育普及、科研创新等方面的加速发展。举办举世瞩目的2008年奥运会，将振奋民族精神，促进我国的社会主义精神文明建设，加强与世界各国和人民的沟通和了解，为我国的社会主义建设创造有利的国际环境。

总之，对外体育交往对于国家外交和国际关系的重要意义主要表现在两个方面：一方面，对外体育交往能够促进世界各国友好合作关系的巩固和发展。另一方面，对外体育交往能够增进各国人民之间的相互了解和友谊。这是由于世界体育运动的技术规律是共同的，不以社会制度和意识形态为转移。在世界上所有的交流活动中，体育运动是受民族、地域、语言、风俗习惯影响最小的。不同种族、不同肤色、不同宗教信仰的各国运动员因为体育走到一起，交流思想、切磋技艺，达到了加深了解和增进友谊的目的。

通过对不同历史阶段新中国对外体育交往的目的及其特点的研究，我们不难看出：新中国外交与对外体育交往之间的关系是相辅相成、密不可分的。对外体育交往服从并服务于国家整体外交政策；良好的国际环境是对外体育交往顺利进行的前提和保障。任何历史阶段要根据社会发展和政治需要发挥体育的独特社会功能，开拓外交新局面，提供特殊的外交场合和手段。

在新的历史时期，我国对外体育交往要不断适应国际形势的变化，配合国家整体外交政策，增强与世界各国的交流与联系，适时宣传中国改革开放以来取得的伟大成就和体育事业的骄人成果，在国际交往中不断发挥体育外交机动、灵活的作用。同时，我们还要抓住北京奥运会的历史契机，开阔思路，进一步加强与国际体育界的合作与交流，推动我国体育运动的发展与提高。

第三章

和谐服务——志愿者，城市的形象大使

奥运会是运动员的盛会，也是志愿者的盛会。有着光荣传统的北京志愿者将与来自海内外的志愿者携手奥运，通过志愿服务，为北京奥运会增添无上光彩。志愿者真挚的笑容、友善的行为将唤起每一位奥运会参与者的心灵共鸣，跃升为一道连接中华文明与奥林匹克文化的亮丽彩虹，永载奥运史册。

北京奥运会志愿者将坚持以人为本，践行"服务至上、和谐至上"的行动理念。倡导服务精神，激发服务热情，提升服务能力，以创新的勇气、精神和方法，为奥运会和残奥会提供"有特色、高水平"的志愿服务。以和谐为导向，尊重多样化和差异性，促进不同种族、地域、文化的人们之间的相互尊重理解，推动人与自然的和谐共处，推动人与社会的协调发展。

志愿者是现代奥林匹克运动的基石，是奥运会形象大使。高素质的志愿者队伍和高水平的志愿服务，将展示中国和北京人民的风貌，为举办一届"有特色、高水平"奥运会贡献力量。

一、志愿者——奥运会的"后勤部长"

（一）奥运志愿者的历史

翻开奥林匹克的历史，我们会发现奥运会志愿者在第一届奥运会时已经存在了。而现代奥运会创始人法国人顾拜旦就是奥林匹克运动的第一个志愿者。

最早的国际奥委会是由顾拜旦及其挑选的 15 名社会精英组成的，其中一部分人士来自倡导国际和平的组织。他们都受过良好的教育，为早期的奥运会出钱出力，做着无私的奉献。而顾拜旦本人更是为奥林匹克运动倾注了所有的感情和力量。

顾拜旦去世后，他的心脏被安葬在奥林匹亚，距离赫拉神庙 200 米，而这里正是历届奥运会火炬传递的第一个交接点（图3.1）。顾拜旦是奥运会历史上最早的、最有名的志愿者，而他的灵魂也在奥林匹亚一次次见证了奥林匹克精神的传承，他和他的继任者们完美诠释了"志愿者是奥林匹克运动的基石"。

顾拜旦不仅创立了现代奥运会，也把最早的奥运会志愿精神传给了后人，直到现在，国际奥委会的委员们都不从国际奥委会收取任何报酬，事实上，他们也是奥林匹克运动的志愿者。其实，国际奥委会的委员以及国际单项体育联合会、一些国家奥委会非专职的官员们也都是奥林匹克运动的志愿者。

在顾拜旦所创立的第一届现代奥运会中，出现了900名志愿者。这些志愿者以匿名的方式在国家机构、俱乐部和奥组委等机构做一些外围的特别简单的工作。从那时起，一些抱有利他主义信念的人便投入到了奥运会的组织工作中来。

图3.1　赫拉神庙——希腊文化的源头

第二次世界大战以后，随着一些新兴国家的加入，奥林匹克运动的规模越来越大，组委会的负担也越来越重。为了节约资金，也为了动用其他的人力、物力来支援奥林匹克运动，大规模的志愿者开始出现了。与此同时，志愿者需要做的工作也变得多样化，诸如帮助公众、赛事筹备，观众和选手的信息提供，田径比赛结束后障碍物的清除，协助警察，翻译服务等。志愿者的工作与整个的奥运会工作联系得更加紧密。另外，志愿者开始与付薪人员一起工作，他们的地位和作用也不再是早期那种可有可无的状态。

到1952年赫尔辛基奥运会时，志愿者从事的工作又有了新发展。这届奥运会上，志愿者还担当起了信使、机器操纵员、摄像人员的助理等，此外，他们还协助看管停车场的官员轿车，准备和维护独木舟，接待贵宾，帮助走丢的儿童，分发赛事奖牌等。在本届奥运会上，组委会也开始对志愿者进行培训，这也说明了志愿者在奥运会的组织进程中的作用更加重要，他们的素质也在不断提高。

1968年的墨西哥奥运会，志愿者除了做接待、信息传递等常规工作，还做了两个领域的工作：为国际奥委会成员、墨西哥奥委会领导、国际体育组织成员、体育和文化代表团的领导以及特别来宾提供一对一的个人服务，为媒体代表和体育代表团的某些成员提供一般服务。

20世纪70年代，社会对志愿者的需求与日俱增。在主要的体育赛事（例如，夏季和冬季奥运会）中也需要更多志愿者的全方位服务，而不是像过去仅仅提供必需的服务给运动员、官员、观众和所有与赛事有关的人员。志愿者队伍都是具有不同文化和历史背景的人组成。因此，奥运志愿者可以被看作很多具有不同文化背景的个体在同一段时间内一起工作，并能形成一个整体。

1980年，"奥运志愿者"的这个概念在普莱西德湖冬季奥运会组委会的章程中首次出现。这次赛事制定了一个培训大约6000位志愿者的计划。从1980年起，奥运赛事的开始阶段对志愿者服务的依赖程度逐渐增加，导致志愿者的数量急剧增加，也使东道国奥委会把更多的精力放在志愿者的培训上。

1992年巴塞罗那奥运会官方报告中为奥运会志愿者下了清晰的定义："奥运志愿者是一个在奥运会这个组织里，对集体和个人做出利他承诺的人，他/她承诺将尽其所能完成交与他/她的任务，并且不接受金钱或奖品等类似性质的奖赏。"

此后，志愿者项目成了奥运会组织工作的基本组成部分。1992年巴塞罗那奥运会招募志愿者34 548名，1996年亚特兰大奥运会招募志愿者40 422名，2000年悉尼奥运会志愿者有47 000名，2004年雅典奥运会志愿者约为60 000名，而全球16万人申请当雅典奥运会志愿者。2008年奥运会将需要赛会志愿者10万人。可以看到志愿者的重要性正在不断递增，已经成了一届成功奥运会的标志。

志愿精神与奥林匹克主义有着高度的契合，奥林匹克运动不仅为世人奉献了精彩的比赛，也为举办城市和国家带来物质上的变化，更重要的是它为人类社会带来了丰厚的人文价值，诸如促进个人的全面发展、促进社会和谐进步、促进国际社会的和平友爱等，这些都可以通过志愿者完美地体现出来。

（二）悉尼奥运会志愿者——历史上最称职的志愿者

澳大利亚人主办的2000年悉尼奥运会给人留下的印象极其深刻，萨马兰奇对悉尼奥运会的高度评价很大程度上来自于对志愿者表现的高度认同。

按照国际奥委会对于志愿者的界定，其实所有的国际奥委会委员都是志愿者，而志愿者活动已经成为主办城市乃至全世界青年参与奥运会、为奥运会组织委员会节省经费、弘扬奉献精神、提升人力资源质量的重要方式。一届没有志愿者参与的奥运会是不可想象的。

从悉尼投标委员会成立的第一天起，就有许多志愿者给委员会写信，希望悉尼获得奥运会举办权后，能够招募自己做志愿者。而当悉尼取得奥运会举办权的当天，悉尼奥组委收到了来自澳大利亚各地和海外要求当志愿者的信件，其中的几千人是在投标期间就已经申请过的。

志愿者是奥运会举办成功的重要因素，而使用志愿者则是奥运会的传统。财政预算只是主办方使用志愿者的一个方面的原因，最重要的是希望通过志愿者参与奥运会的活动，能够让他们亲身感受到自己为奥运会所做的贡献。而对来自世界各地的人来说，志愿者成为悉尼的"形象大使"。

1996年5月，志愿者服务计划开始启动。早期的招募计划是大约需要4万名志愿者，最后的结果统计实际参与的志愿者有4.6967万名。招募、培训、认证、组织和管理志愿者；与志愿者沟通成为悉尼奥组委的重要职责。为更好地完成这个巨大的工作量，许多志愿者社团与悉尼奥组委一起共同承担起这个任务，为如何推行培训志愿者的计划实施提供了许多有效方案。到1997年11月，2000年志愿者咨询委员会的志愿者数量占到多数，他们包括有组织的社团、服务性团体及兴趣团体。同时，因为奥组委需要招募培训奥运会期间的志愿者司机，交通局的奥林匹克组织负责承担了这个特殊领域的培训。

对悉尼奥组委而言，另一个关键是知道如何定义志愿者的需求、职业、时间安排、技能和管理需要的必备条件。但这个关键的单元对于奥组委的许多工作人员来讲，都是从未接触过的。因此，在整个志愿者的招募过程中，有500人成为志愿者的先锋队伍。从1996年11月至1997年的中期，这些先锋志愿者的工作主要是负责组织赛事、实际测试、赛场考察和为给各社团组织和其他志愿者送与赛事相关的文件，好让他们知晓赛事的进展情况。这些先锋志愿者在近6~7个月的时间里，平均每个星期工作近1000小时，共计16万个小时，而这并不包括他们在赛事中的工作时间。

赛事期间的4.6967万名志愿者大体分为专职志愿者和普通志愿者两类。前者需要在某个领域需要一项特殊的技能，如语言、医师资格认证或与体育相关的某个领域的技术知识等；后者则需要承担更多的为观众、交通、信息等方面的服务。

1997年9月，悉尼奥组委开始号召如医学、种族、紧急服务、体育协会等各种领域的组织帮助招募具有特殊技能的志愿者。奥组委和每个组织的关键人物都举行了会谈，并且建立了良好的长期合作关系。1998年10月9日，第一个负责如何有效的安排志愿者及志愿者义务的信息组织成立，同月的12~16日，全澳各主要城市也成立了相关的组织。

1998年10月，志愿者注册表在全国及地方报纸上刊登，要求注册人写出自己愿意申请哪种类型的志愿者及希望从事的领域。两个星期内，有近4.1万的澳大利亚人登记此表，其中，3.5万人申请普通志愿者，6000人申请专职志愿者。

1998 年 11 月，注册人员得到了《2000 年志愿者申请表》和志愿者手册，从而更加确切地得到志愿者申请人的详细信息。同时，这些申请表也发送给了帮助奥组委寻找专职志愿者的社团和组织。奥组委最终收集到 7.5 万份申请表。1999 年初，志愿者的面试活动开始进行，10 月，赛事期间需要的工作岗位开始发布。

悉尼志愿者的出色表现受到了国际奥委会主席萨马兰奇的高度赞扬，他亲自到奥运村的志愿者工作现场，慰问努力工作的志愿者们，正如萨马兰奇本人所讲，"他们清楚地知道自己的职责，并为此做了最充分的准备，做得非常成功。他们和运动员一起，成为奥运会最重要的组成部分。"

志愿者的努力，无疑使悉尼奥运会成为奥运会史上最成功的一次，他们熟练的技能恰到好处地配合着他们的热情、耐心和积极的态度。他们用自己的责任感成为奥运会成功的重要保障。

（三）北京奥运会志愿者——历史之最

2008 年北京奥运会志愿者将达到 10 万人，是奥运会历史上志愿者最多的一届，创造了历届奥运会人数之最。

1. 北京奥运会志愿者启动

2005 年 6 月 5 日，随着被做成"花蕾"状的北京奥运会志愿者标识（图 3.2）在花瓣打开时慢慢升起，在北京饭店举行的北京奥运会志愿者项目启动仪式正式拉开大幕。国际奥委会主席罗格，中共中央政治局委员、北京市委书记、北京奥组委主席刘淇，国务委员、北京奥组委第一副主席陈至立出席启动仪式。

国际奥委会主席罗格在启动仪式上致辞。他说："志愿者是奥林匹克运动的基石，是奥运会真正的形象大使。他们代表着奥林匹克精神。每一名北京奥组委的志愿者都将成为一百年来数百万奥运志愿者中的一员。他们有着共同的理想：传播奥林匹克精神并且为来自世界各地的运动员提供公平祥和的竞赛环境。成为志愿者将丰富自己的人生，这

图 3.2　北京奥运会志愿者标识

是一生只有一次的难忘经历。"罗格在致辞中呼吁："全中国、全世界人民携起手来踏向通往 2008 年奥运会之路。"

刘淇指出，高素质的志愿者队伍和高水平的志愿服务，是成功举办奥运会的重要基础和保障。历届出色的奥运会，必定有令人称道的奥运志愿者服务。奥运会离不开志愿者，志愿者为奥运会添彩。正如罗格先生所说，"奥运会是运动员的盛会，也是志愿者的盛会"。奥运会志愿者以其真诚的微笑和热情的服务，给人们留下了难以忘怀的美好印象。在当代中国，千千万万的志愿者积极投身志愿服务，在扶贫济困、环境保护、社会公益事业等方面，做出了积极贡献，发挥了不可替代的重要作用。北京奥运会志愿者要成为微笑的使者，成为追求和谐、传播友谊的先锋。用微笑展示中国人民热情好客、文明礼貌和开放自信的精神风貌，展示今日中国朝气蓬勃、日新月异的新形象。志愿者将用微笑架起不同种族、地域、文化间人们沟通的桥梁，增进人与人之间的友谊与信赖。志愿者将用微笑表达对残疾人运动员的尊重和关爱，增强全社会对弱势群体的关心和帮助。志愿者将用微笑传递中国人民对于和谐的理解和追求，促进人与人、人与社会、人与自然之间的互惠共赢。2008 年，志愿者的微笑将是北京最好的名片。刘淇相信，北京奥运会志愿者在服务奥运会和服务社会的实践中，一定能够更好地弘扬奥林匹克精神，践行人文奥运理念，为成功举办"有特色、高水平"的奥运会，为构建社会主义和谐社会做出应有的贡献。

刘淇在讲话中表示，中国志愿者将与来自世界各地的志愿者携手北京奥运，用共同的行动弘扬奥林匹克精神，为奥林匹克运动赋予浓厚的中国韵味，留下独特的精神遗产。

前联合国秘书长安南在贺信中写到："志愿者对于奥运会的意义，正如对于联合国的意义一样，是不可或缺的。无论是台前还是幕后，无论是个人的付出还是集体的行动，他们无数次地展现了团结互助的精神，为推动我们全球的发展做出了贡献。在我们建设一个更加美好、更加公平和更加安全的世界的进程中，志愿者精神将继续发挥十分重要的作用。全世界都注视着北京奥运会。在此，我要感谢大家，感谢你们所代表的志愿精神，衷心祝愿你们的努力能获得圆满成功。"

2. 人人都是志愿者

2008 年 1 月 17 日清晨，首都迎来了奥运年的第一场雪。雪花密集，很快将首都的大街小巷银装素裹起来。人们在喜庆瑞雪兆丰年的同时，也深切感受到这场雪给自己的出行和生活带来了诸多不便。针对这种情况，各单位纷纷组织人员清扫积雪。其中，奥运志愿者表现尤其活跃。

在 17 日、18 日短短两天时间内，数万名奥运志愿者在十八区（县）团委、市直系统相关单位团组织的带领下，走上街头，进入社区，开展清扫道路积雪、擦拭护栏和公共设施、清理垃圾等一系列美化首都环境的志愿服务行动。

在东城区交道口街道，南锣鼓巷团支部组织北京联合大学的赛会志愿者申请人与环卫清洁员共同打扫古都特色文化街，让别样的胡同古韵在白雪中对游客展示得更加清晰；在宣武区广外马莲道，来自"更香"茶叶公司的城市志愿者认真清扫人行道上的积雪，并为过往的市民送上热茶，在方便市民出行的同时传播了茶文化；在石景山区古城街道，街道团工委组织了辖区内170多个社会单位和10多个社区的1200余名社会志愿者对单位门前、街巷及小区内的冰雪进行集中大清扫，有效服务了辖区内各界群众的正常工作生活。

据悉，自2007年2月24日，北京志愿者协会联合中央及首都38家媒体发出"微笑北京——奥运志愿者周末美化环境行动"倡议以来，数十万奥运志愿者和首都近百万群众积极参与到活动中，利用周末时间，走上街头，深入社区、村镇、学校、企业和公共场所，开展了以"微笑北京"为主题，以文明宣讲、环境整治、秩序维护、绿化美化、资源节约为主要内容的美化环境实践活动，为建设整洁优美、和谐有序的奥运城市环境做出了突出贡献，尤其在"十七大"、全国"两会"和"好运北京"体育赛事等重大会议和活动举行期间，有效服务和保障了各项活动的顺利开展。

二、北京奥运会志愿者行动计划——为北京奥运保驾护航

（一）北京奥运会志愿者行动计划总则

北京奥运会志愿者行动计划依据《北京奥运行动规划》、《北京奥运会志愿者战略计划》等制订，用以指导北京奥运会志愿者行动各项目和各运行计划的制订和实施。

志愿者是指自愿贡献个人时间和精力，在不计物质报酬的前提下，为推动人类发展、社会进步和社会福利事业而提供服务的人员。志愿服务是公众参与社会生活的一种重要方式。

北京奥运会志愿者行动所称的志愿者是指在奥运会、残奥会筹备和举办全过程中以自愿为原则，以志愿服务为基本形式，在北京奥运会志愿者行动项目体系内，服务奥运、服务他人、服务社会的志愿者。

1. 北京奥运会志愿者行动目标

为2008年奥运会和残奥会提供"有特色、高水平"的志愿服务是北京奥运

会志愿者行动最直接、最重要的目标。通过组建一支规模宏大、参与面广、代表性强、服务水平高的志愿者队伍，倡导志愿服务精神、创新服务形式、丰富服务内容、提升服务品质，为北京奥运会和残奥会提供人性化、个性化、专业化的服务，努力构建富有中国特色、符合奥运规则、体现国际水准的志愿服务理论和实践体系，为奥林匹克运动留下浓郁的中国韵味，形成鲜明的北京印象。

2. 北京奥运会志愿者行动准则

1）坚持以人为本。充分体现"尊重、发展、保护"的要求，倡导公众自愿参与，保护公众参与热情，科学设计公众广泛参与的途径、方式和项目，把志愿者的参与过程作为有效提升其素质和能力的人力资源开发过程。重视和保护志愿服务资源，尊重志愿者的劳动，调动志愿者的积极性、主动性和创造性，通过表彰激发志愿者的荣誉感和成就感。尊重志愿者的权利和愿望，维护志愿者的合法权益。奥运会志愿者应树立服务他人、服务社会的意识，通过志愿服务切实使公众受益、社会受益。让每一位奥运会参与者，都能享受到热情周到、细致得体的服务。

2）坚持大众参与。在筹备奥运会的过程中体现开放性，推广"迎奥运"志愿服务项目和公益实践计划，设计丰富多彩的奥运志愿服务活动，为各界参与奥运会志愿者工作创造条件、提供机会。广泛吸纳京外赛区城市、其他省市自治区、港澳台等地区及华侨华人、少数民族、残疾人等各界代表人士的踊跃参与。采用社会化的运作机制，认真听取社会各界对于北京奥运会志愿者工作的意见和建议，保证工作的开放透明，努力实现社会认同。

3）坚持奥运规则。遵循奥运规则，借鉴历届奥运会志愿者工作的有益经验，以开放自信的胸怀引进和吸收国际通行的思想观念、方式方法和运行机制，努力使北京奥运会志愿服务符合国际通行标准。积极吸纳国际友人参与奥运志愿服务，接受国际志愿服务机构的合理化意见和建议，自觉接受相关国际机构对奥运会志愿服务的考察和评估。

4）坚持科学高效。深入研究历届奥运会志愿者工作的机制与模式，全面总结北京举办大型活动的成功经验，客观分析中国和北京的社会特点、公众基础、历史传统、综合优势等，努力形成北京奥运会志愿者工作的思想理念、组织体系、管理模式和运行机制。通过科学合理的组织设计和制度安排，理顺不同部门、不同群体、不同环节、不同阶段之间的关系，保证志愿者工作的有序高效。构建奥运会志愿者工作信息平台，实现数字化运行和管理。建立开放公平的志愿者评估体系，对奥运会志愿服务项目和志愿者工作进行全程评估。

5）坚持中国特色。突出"人文奥运"理念，弘扬中国文化，加强与世界各国的文化交流与融通。发挥组织动员能力强、社会参与热情高、人力资源丰富的综合优势，以现有组织体系为基础，把自身优势转化为对奥林匹克运动的直接贡献。大力宣传中国改革开放取得的辉煌成就，展示北京现代化建设成果，充分体现中国特色社会主义道路的优越性。

3. 北京奥运会志愿者行动方向

1）促进全民广泛参与。依靠社会公众的有力支持，通过在各个领域开展志愿服务活动，倡导诚信友爱，深化精神文明建设，使奥运会志愿服务成为全民参与奥运、提升素质的主要方式，形成全民共同做好奥运志愿服务工作的生动局面，促进构建和谐社会目标的实现。积极争取各级政府的支持，为各界参与奥运志愿服务工作和志愿者发展创造有利条件。

2）促进志愿服务事业发展。倡导"奉献、友爱、互助、进步"的志愿精神，普及志愿服务理念，树立志愿者形象，提高社会对志愿服务的认可程度。创新社会动员机制，推进公益社团组织的发展，促进志愿服务工作的经常化和规范化，拓展志愿服务领域，扩大志愿者规模。推动志愿者立法工作，为志愿服务事业提供法律保障和支持。

3）促进志愿者全面发展。重视奥运志愿服务对志愿者发展的积极作用，促进志愿者的自我完善。发挥志愿者服务社会的示范作用，吸引更多的人关注和参与志愿服务。加强对志愿者的指导、服务和帮助，提升志愿者的学习、实践和创新能力，增强志愿者的服务精神，促进志愿者的成长进步。

4）促进中外文化交流。把奥运会志愿者作为文化交流的使者，介绍和宣传中外优秀文化，展示中华民族的灿烂文化和当代中国人民的精神风貌。学习借鉴人类一切优秀文明成果，促进中外文化的和谐对话和交融，提高全民的国际化意识、素质和能力，促进中外人士的交流和友谊，让中国更了解世界、让世界更了解中国。

（二）"迎奥运"志愿服务项目

"迎奥运"志愿服务项目是在奥运会筹备过程中，实践"新北京、新奥运"战略构想和"绿色奥运、科技奥运、人文奥运"理念，营造全民迎奥运的浓厚社会氛围，动员广大市民广泛参与的、形式多样的志愿服务活动。

2008年奥运会期间，"迎奥运"志愿服务项目体现为奥运会城市志愿者开展的志愿服务活动，为赛会期间城市运行的良好秩序提供保障，为各国友人提供良好服务，树立和展示北京热情、好客的城市形象。同时，"迎奥运"志愿服务项目为奥运会赛会志愿者的"公益实践计划"提供平台。北京奥组委将从"迎奥运"志愿服务活动中选拔、培训一批符合条件的志愿者作为奥运会赛会志愿者。

1. 主要任务

普及奥林匹克运动和志愿服务理念，提升公众的认知水平和参与热情；引导市民、社会团体、企事业单位及各界人士关注、支持和参与志愿服务事业，促进个人发展与关心他人、奉献社会的有机结合；提高市民志愿服务水平，建立广泛的群众志愿活动参与机制；提升市民的文明素质，全面塑造和展示北京的新形象，推动社会的和谐发展。

2. 人员构成

各行各业、各族各界中关心奥运、热心公益事业、愿意为奥运会贡献力量的个人、家庭、团体和单位均可参与"迎奥运"志愿服务活动。

3. 主要工作内容

通过组织义务宣讲、演说论坛和课堂教学等系列活动，利用各种传媒，传播奥林匹克文化，普及奥林匹克知识，推广志愿服务理念，倡导志愿服务精神。

采取多种方式积极引导社会公众到公益机构、街道社区等，开展环境保护、科学普及、社会公益等志愿服务活动，实现参加志愿服务与迎接奥运的有机结合。

利用奥运会倒计时的重要时点举行"志愿者迎奥运"主题活动。在"3·5中国志愿者日"、"五四青年节"、"5月的国际助残日"、"7·13申奥成功纪念日"、"12·5国际志愿者日"等重要纪念日举办志愿者活动，在全社会持续掀起参与奥运会志愿服务热潮。

以"北京2008奥运志愿宣讲团"、"青春奥运志愿服务团"为载体，组织志愿者参与北京奥林匹克文化节、青春微笑行动等活动，树立北京和中国开放进步的国际形象。

培育和发展志愿服务社团，引导和扶持其参与"迎奥运"志愿服务活动。积极培育志愿服务家庭，推广以家庭为单位提供志愿服务的模式。通过设立志愿者主题公园、组织志愿者国际论坛、开通志愿者网站等活动，开展国内外志愿者交流活动，建立志愿者之间交流与共享的常设平台。

4. 奥运会城市志愿者工作

奥运会期间，从参与"迎奥运"志愿服务活动的市民中选拔、建立和培训一支奥运会城市志愿者队伍，在全市各个主要交通枢纽、旅游景点、饭店宾馆、商铺市场等场所，提供文明督导、交通协管、治安联防、指引向导、翻译接待、导游导购和医疗救助等多方面的志愿服务。

（三）奥运会赛会志愿者项目

奥运会赛会志愿者是指由北京奥组委直接或者委托招募，需要制作奥运会身份证件，奥运会期间承担相应岗位职责，在奥组委指定的时间和岗位工作，接受北京奥组委管理，义务为北京奥运会服务的人员。

1. 主要任务

通过开展宣传发动、招募选拔、教育培训、公益实践、激励表彰等一系列工作，建设一支数量充足、训练有素的志愿者队伍，奥运会期间为奥林匹克大家庭成员、媒体记者、观众和其他相关人员，提供优质的志愿服务。

赛会志愿者服务岗位主要涉及礼宾接待、语言翻译、交通运输、安全保卫、医疗卫生、观众指引、物品分发、沟通联络、竞赛组织支持、场馆运行支持、新闻运行支持、文化活动组织支持等领域。

北京奥组委将参照奥运会通行惯例和标准，结合北京实际设置奥运会赛会志愿者工作岗位。奥运会赛会志愿者预计约7万人。

2. 奥运会赛会志愿者构成

奥运会赛会志愿者来源于遵守中国法律法规、符合奥组委对志愿者年龄等方面的限制性规定、具备指定岗位要求的能力和素质、自愿为北京奥运会提供义务服务、接受北京奥组委领导和管理的各方面人士。赛会志愿者队伍以北京高校学生为主体，同时广泛吸纳北京市民、全国各地各族群众、港澳台同胞、海外华侨华人和国际友人等各界人士。

志愿者按照岗位需求情况分为专业志愿者和非专业志愿者两类。北京奥组委将按照以下人员构成，设立奥运会赛会志愿者项目，按照项目管理的原则和方法，逐步推进招募、培训、定岗、赛会服务等一系列工作。

（1）大学生志愿者（图3.3，图3.4，图3.5）

北京奥组委将面向在京各高校（含民办高校）招募志愿者（含在京港澳台大学生）。各高校经授权，按照奥组委确定的资格条件，分阶段招募志愿者并建立相应的培训、组织、管理体系，以学校为单位接受奥组委分配的任务。

图 3.3　大学生志愿者

图 3.4　大学生志愿者

图 3.5　大学生志愿者

（2）中学生志愿者

北京奥组委将面向北京部分职高、中专、普通中学招募志愿者。相关学校经授权，按照奥组委确定的资格条件在校内招募志愿者。

（3）社会志愿者

北京奥组委将面向社会公开招募志愿者。奥组委将通过委托授权等形式，以因特网报名等多种方式直接接收个人报名申请，同时接收社区、社团、企事业单位等集体报名申请。奥组委将按照确定的资格条件从报名者中选拔录用志愿者。

（4）各省市自治区志愿者

北京奥组委将面向全国各省市自治区招募志愿者。各省市自治区相关机构经授权，按照奥组委确定的资格条件，在当地招募志愿者。志愿者应接受奥组委统一安排的培训、考核和管理，筹备期间在当地开展公益实践活动。奥运会期间，各省市自治区志愿者将参加赛会志愿服务。

（5）京外赛区城市志愿者

北京奥组委将面向青岛、天津、上海、沈阳、秦皇岛等京外赛区城市招募志愿者。京外赛区城市按照与北京奥组委签署的原则协议，由各城市赛事组织部门协调地方政府，根据筹备和举办赛会的实际需要确定志愿者的来源构成，建立相应的志愿者招募、培训、组织、管理体系，参加所在城市的赛会志愿服务。

（6）港澳台志愿者

北京奥组委将面向香港特别行政区、澳门特别行政区和台湾地区招募志愿者。在国家有关部门的支持下，北京奥组委委托当地有关机构，按照奥组委确定的资格条件在当地招募志愿者，建立志愿者的培训、组织、管理体系。奥运会期间，港澳台志愿者将参加赛会志愿服务。

（7）海外华侨华人志愿者

北京奥组委将面向海外华侨华人、中国留学生招募志愿者。在国家有关部门的支持下，北京奥组委将委托海外有关机构，按照奥组委确定的资格条件进行志愿者的招募、培训和管理工作。奥运会期间，海外华侨华人志愿者将参加赛会志愿服务。

（8）在京外国人志愿者

北京奥组委将面向在京外国人招募志愿者。在国家有关部门支持下，委托相关部门或机构，按照奥组委确定的资格条件招募以外国留学生为主体的在京外国人志愿者。筹备期间，在京外国留学生志愿者将通过多种形式介绍相关国家的语言、文化、风俗、礼仪等，奥运会期间，主要为相关国家的代表团、媒体、观众、游客等提供服务。

（9）国际志愿者

北京奥组委将面向世界各国家、地区招募志愿者。在国家有关部门的支持下，按照奥组委确定的资格条件，委托当地机构或社团进行志愿者的招募及必要的培训、管理工作。奥运会期间，国际志愿者将参加赛会志愿服务。

（10）专业志愿者

北京奥组委将面向以上九类人员及相关专业社团、机构、企业、高等院校和科研院所等，按照奥运会专业岗位的要求和确定的资格条件招募专业志愿者（图3.6）。专业志愿者由北京奥组委统一管理、培训和使用，奥运会期间，将主要从事专业性强、技术技能要求高的志愿服务工作。

3. 运行计划

（1）宣传运行计划

在北京奥组委总体宣传计划的框架内，通过广播、电视、报刊、网络等媒体，分阶段、有重点地向公众宣传介绍奥运会赛会志愿者工作的重要意义、相关知识、工作规划、工作进展和需求信息等内容，扩大信息覆盖面，提高公众知晓率，凝聚社会力量，增强社会动员能力。

图3.6　专业新闻服务志愿者樊俊聪

宣传运行计划分为 4 个阶段。2005 年 6 月至 2006 年 7 月为前期宣传阶段，主要面向全社会普及奥林匹克知识、推广志愿服务理念，倡导奉献友爱精神，介绍奥运志愿者工作的总体安排等。2006 年 8 月至 2008 年 4 月为招募宣传阶段，主要宣传参与奥运会志愿服务的意义，介绍招募的方式方法、资格条件要求及服务的场所和领域，动员各界人士积极报名参加赛会志愿者项目。2008 年 4 月至 7 月为赛前宣传阶段，主要宣传介绍志愿者工作的进展情况，提升社会对赛会志愿者的关注度。2008 年 8 月至 9 月为赛时宣传阶段，主要宣传报道赛会志愿者的出色表现和优秀事迹。

（2）招募选拔运行计划

奥运会赛会志愿者招募的一般程序包括：申请人报名、材料审核、工作预分配及面试、初步确定岗位、发出录用通知、志愿者接受任务、背景核实等步骤。

奥运会赛会志愿者的招募工作将主要采用定向招募与公开招募相结合、集体报名与个人报名相结合、网络申请与书面申请相结合的方式，建立高效便捷的招募机制，按照有关程序分阶段、分人群进行招募。

奥运会赛会志愿者原则上应具备以下条件：遵守中国法律法规，热心公益事业，具有基本的体育运动常识，具备一定的外语交流能力，符合奥组委对于志愿者所申请岗位的资格要求和时间要求。其中，专业志愿者除满足以上基本要求外，还应具备特定岗位所要求的专业技术和专门技能。

奥运会赛会志愿者招募工作于 2006 年 8 月底正式启动，到 2008 年 4 月结束。

（3）公益实践计划

公益实践计划旨在通过开展社会公益活动，把日常志愿服务与奥运会志愿服务有机结合起来，实现志愿服务的日常化，增加志愿者的服务经验和服务技能，满足奥运会对志愿者的素质要求。根据奥运会筹备进程，每年确立一个公益实践主题，在全市设立一批奥运会志愿者实践基地，围绕城市建设和社会发展，开展环保、科普、文化等志愿服务活动。

（4）培训运行计划

奥运会赛会志愿者的培训主要分为 3 类：通用培训、专业培训和岗位培训。培训工作应发挥北京的教育资源优势，争取多方支持。

通用培训的主要内容是介绍奥林匹克知识、国情市情、传统文化和礼仪规范，志愿者的权利义务，应对紧急情况等方面的知识，培养志愿者的大局意识、服务意识、形象意识和责任意识。奥组委将组织专家学者编写相关文本教材和多媒体教程课件，依托因特网远程教育或课堂教学方式进行培训。

专业培训的主要内容是根据服务岗位的具体要求，培训志愿者相关的专业知识和技能。专业培训将以面授为主，主要由奥组委及指定的培训机构来组织实施。

岗位培训的主要内容是介绍岗位的基本情况、工作任务、业务流程和工作场地的相关情况、紧急情况的处理措施和志愿者团队管理等方面的内容。

（5）激励保留运行计划

北京奥组委将通过表彰奖励和相关保障措施，确保志愿者队伍的相对稳定。志愿者的激励表彰以精神鼓励为主，激发志愿者的内在热情，保持志愿者较高的工作积极性，使志愿者获得有价值、令人愉快的工作经历。主要实施以服务时间和服务效果为基本依据的普遍激励。开设志愿者维权热线和心理热线，切实维护志愿者合法权益。对做出突出贡献、表现优异的志愿者集体、个人以及志愿服务项目给予特别奖励。奥运会结束后，开展志愿者评比表彰及纪念活动。

（6）岗位运行计划

根据赛时岗位的具体需求，结合赛会志愿者的服务意向、专业技能和在参与公益实践活动中的表现，为志愿者安排适当的固定工作岗位、分配相应的工作任务，指定固定的工作联系人，确保岗位清晰、职责明确，保证志愿者与工作岗位的准确对接，实现志愿者的转型定岗。岗位明确后，奥运会赛会志愿者应按照指定工作岗位的要求接受相关培训。

（7）赛会运行计划

赛会期间，北京奥组委负责赛会志愿者的指挥调配工作，建立工作指挥体系，转入场馆及区域、领域运行管理体系，逐级落实工作任务，切实做好志愿者的上岗、考勤、轮休、评价等管理工作，努力做到指挥有力、反应灵敏、行动迅速、信息顺畅、配合默契、保障有力。各需求场馆和部门应指定专门联络员，按照自身职责，及时提供准确的志愿者需求信息，建立有效的人岗对接机制，落实调配任务。

三、好运北京——志愿者的"首演"

（一）好运北京——"零投诉"的志愿者服务

"明年奥运会再见！"每当一场"好运北京"体育赛事结束，结下深厚友谊的参赛人员和提供服务的志愿者都会这样相约 2008 年北京奥运会。

2007 年"好运北京"体育赛事中，共有 1.5 万名志愿者参加了赛事服务，他们的微笑、热情、优质服务和敬业精神都得到了各方面的积极评价，为服务 2008 年奥运会积累了经验。日晒雨淋坚守岗位志愿者出勤率高达 99%。

盛夏的北京骄阳似火，国际自盟小轮车世界杯北京站在老山小轮车赛场如火如荼地进行着。在出入赛场的电梯口，志愿者吴逸菲灿烂的微笑令人如沐春风。除了吃饭，她一直坚守在烈日暴晒下的电梯口。附近阳伞下的工作人员多次劝她休息一会儿，但她谢绝了，她说："我的岗位就在电梯口，我的工作就是给参赛人员良好的第一印象。"

吴逸菲仅仅是一个例子，在今年"好运北京"20 多项体育赛事中，1.5 万名志愿者被安排在各个赛场各种类型的岗位上，他们认真地履行自己的职责，为赛事的顺利进行默默奉献。

8 月中旬，尽管受到台风侵扰，"好运北京"香港国际马术三项赛还是如期进行。一大早记者来到沙田马场，雨幕中到处都是身披雨衣忙碌着的志愿者。为这次马术赛事提供服务的上千人中九成都是志愿者。他们中有不少人是工程师、会计师，都从事接电话、布置赛场、引导观众等各种普通工作。

马术越野赛在香港郊区的上水进行，大多数志愿者凌晨 4 时就要从家里出发。由于越野赛观众是可以随便走动的，所以在每个穿越点设置了一名志愿者，当骑手到来时拦住观众禁止通行。陈志豪，一名普通的香港大学生志愿者，他站在贵宾席附近的穿越点上，身披一件简易雨衣，手里拉着一根被赛道泥水浸泡着的麻绳，近5个小时的比赛中，他跑来跑去维持着秩序。当有摄影记者要给他照相时，他连忙用满是污泥的手挡住脸，羞涩地说："不要照了，形象不好。"

调查显示，在各方面通力配合下，"好运北京"体育赛事中志愿者出勤率高达99%，尽管工作很辛苦，工作条件也很艰苦，但99.6%的志愿者表示：希望继续为奥运会、残奥会提供志愿服务。素质能力都过硬志愿服务"零"投诉"没有志愿者的辛勤工作，此次赛事不会进行得如此顺利。"在世界青年赛艇锦标赛闭幕式上，国际赛联主席奥斯瓦尔德在致辞中高度评价了志愿者在此次赛事中发挥的重要作用并对志愿者表示感谢。

在"好运北京"赛艇比赛中，码头扶艇志愿者（图3.7，图3.8）的工作是最考验体力和技术的。比赛开始前，扶艇志愿者整个身体趴在码头最前端的垫子上，上肢伸出码头，用双手固定艇的位置，然后调整艇身，最终让艇前端抵住起航器。他们说，"移动单人艇轻松一些，但八人艇就费力了。"烈日下，水面反光强烈，他们这样上肢悬空地趴着控制赛艇，目的是让选手在起点线上公平地出发。

图3.7 "好运北京"赛艇、皮划艇志愿者总结大会

图3.8 "好运北京"赛艇、皮划艇志愿者总结大会

在沙滩排球场耙沙，在射箭场钉靶纸，在奥林匹克水上公园岸边收拾鞋子，在盲人门球比赛中引导观众看比赛……无论在什么岗位，志愿者都努力工作着。

北京奥组委志愿者部负责人介绍，在今年已经举行过的"好运北京"体育赛事中，志愿者的服务实现了"零"投诉。调查显示：参赛的贵宾、运动员、技术官员、媒体和观众等对志愿服务的评价达到了90分，97%的志愿者使用部门和管理人员对志愿者的素质和能力表示认可。

耐心细致加体贴让盲人运动员感受到微笑比起奥运会比赛项目，服务残奥会项目的志愿者就更要多一分耐心、细致和体贴了。"好运北京"国际盲人门球邀请赛志愿者的服务对象大多是残疾人，对于很多从未接触过残疾人的大学生而言，这次赛事服务经验难能可贵。

"这道菜的原料有意大利面、洋葱、胡萝卜、青椒，加入的主要调料有酱油、黑胡椒，这个菜有些辣。需要一些吗？"来自北京第二外国语学院的朱可，盲人门球比赛期间在湖北大厦做住宿志愿者。为了满足运动员的饮食习惯，志愿者早就对照着词典翻译好菜单，并且认真组织语言，尽可能清楚准确地翻译每道菜的原料和味道。盲人运动员入住宾馆时，住宿志愿者要向他们介绍房间的布局以及室内物品的摆放位置。比如，空调的开关在哪里、电话在哪里、如何区分沐浴液和洗发水……志愿者的工作琐碎而繁杂。为盲人门球邀请赛服务的志愿者时刻提醒自己保持微笑。"虽然运动员看不到，但他们一定能感觉到微笑的热情。"

毫不夸张地说，比赛有多精彩，志愿者的服务就有多精彩。

（二）首都国际机场的志愿者——做好国门第一道服务

在首都国际机场出入境大厅，一群身穿印有"好运北京"字样橙色 T 恤的年轻人显得格外醒目。他们就是由北京航空航天大学学生组成的首都机场奥运志愿者（图 3.9），负责接送前来参加"好运北京"赛事的各路官员和运动员。

2007 年 8 月 1 日第一期 148 名志愿者上岗，17 日第二期志愿者上岗，为来自世界各地的友人送上北京的第一个微笑和最后一个微笑。

他们分为 3 班，采取 24 小时轮班值岗制度，每天早上 9 点到下午 3 点为早班，下午 3 点到晚上 9 点为中班，晚上 9 点到第二天早上 9 点为晚班。志愿者或驻守办公室接收、整理、更新接送信息，或穿梭于接机口、检验检疫区、海关、行李区、登机口，陪同抵京或离京

图 3.9　首都机场奥运志愿者

的官员、运动员办理各种手续，提供语言服务，解决各种突发问题，用优良的服务和微笑迎来送往。

1. 连续 26 小时没合眼

2007 年 8 月 6 日下午北京突降暴雨，许多航班晚点，志愿者要接机的航班数量比往日也多出不少。到晚上 10 点，忙了一下午的志愿者班长何山和王晓丽自愿留下值晚班。7 日凌晨 2 点 40 分，两人突然接到通知：VV181 次航班有"好运北京"人员抵达，消息仅限于此。两人在白纸上写了"Good Luck Beijing"，赶

到停机位等待未知的运动队到来。3 点 10 分，他们终于接到乌克兰帆船队，然而队员们在行李转盘处却没有找到行李，所有比赛用的运动器材不知去向。何山去行李查询处值班室叫醒了工作人员，多方打听，直到 4 点 05 分才提到行李。

不久，志愿者又得知帆船队需在 7 点 55 分转机青岛，凌晨转机办理柜台值班暂停，许多大型运动器材需要托运，如果起飞前一个小时办不完所有手续就会误机。两人急中生智，领着队伍出海关到国内登机口办理国内出发手续，终于送他们顺利登机。目送运动员们踏上旅程后，两人又赶往下一个接机的停机位。到中午回到宿舍睡觉，两人已经连续 26 小时没有合眼。

2. 6 小时 30 名志愿者接送 467 人

2007 年 8 月 12 日，北航首都机场志愿者四班的 30 名同学，创下了一个新纪录。在 9 点至 15 点 6 个小时里，他们一共接了 6 个抵京航班，送走 29 支代表队，总人数达到 467 人。这当中，忙碌是一方面，更有随时冒出的困难。

在接到白俄罗斯队后，志愿者试图用英语与其交流，但对方回应的却是听不懂的俄语。而机场又没有多语种服务团，现场陷于窘境。幸好此时刚送完另一支队伍回来的一名志愿者说自己的妈妈会俄语。通过电话翻译，问题才最终得以解决。事后志愿者都开玩笑说，要封那位妈妈为首都机场的荣誉志愿者。

由于当天现场混乱，对很多外国代表团都是临时遇到就帮忙，所以缺乏详细的人员接送记录，但每天的工作情况又需要准确详细地报给奥组委。在回校的班车上，一位志愿者受班长委托逐人统计接送人员情况。由于上午的工作量实在太大，所有的志愿者一上班车就睡着了。这位志愿者事后说："看着疲惫不堪的志愿者，我又不得不叫醒他们询问情况，当时觉得自己就像刽子手一样残忍。"

在送比利时队到达边检口时，队员们拿出身上所有的人民币要送给志愿者。志愿者微笑着拒绝了，告诉他们："我们是志愿者，是不索取回报的。"

3. 睡在报纸上的"第一夜"

2007 年 8 月 20 日是张琦所在的第二期志愿者一班第一天轮值夜岗。在接完晚上 9 点至凌晨 1 点的班机之后，困乏、疲劳接踵而来。有不少志愿者在只铺着报纸的床板上睡着了。

虽然第二期志愿者比第一期志愿者多了床铺，但并不能容纳全部 30 多名志愿者。所以，有 10 余位同学在另一个休息室开始了轰轰烈烈的"华山论剑"，从小龙女到郭襄再到张三丰、韦小宝，大家指点江湖，谈得不亦乐乎。

到清晨，志愿者又开始忙碌起来，先后接送 10 余次抵离航班。张琦说："其实夜班也不难熬，最难受的是没有人可接，闲着最无聊。"

　　2007 年 8 月 22 日下午，来自中铁电气化发展局集团的青年突击队员慰问了这群志愿者，为他们送来了冰箱、电视机等慰问品。志愿者代表王琨说："我们的工作虽然辛苦，但我们更觉得自豪。我们是微笑的志愿者，要用热情和微笑书写北京最好的名片，树立最好的国门形象。"

（三）好运北京——为奥运会选拔志愿者

　　"好运北京"体育赛事志愿者工作整体进展顺利。在 2007 年 8 月、9 月北京地区完成的 14 项好运北京体育赛事中，共有 11 185 名志愿者参加了赛事服务，他们的微笑、热情、优质服务、敬业精神都得到了各方面的积极评价。

　　按照"好运北京"体育赛事志愿者保留工作安排，凡在"好运北京"体育赛事中表现较好，能够满足赛事服务要求的志愿者，原则上都将保留为北京奥运会、残奥运会赛会志愿者。奥运会、残奥会赛会志愿者确认工作试点在"好运北京"赛事中展开，870 名参与了 8 月"好运北京"体育赛事服务的志愿者被初步确认为奥运会、残奥会赛会志愿者。按照奥运会、残奥运会赛会志愿者选拔确认工作总体进度安排，2008 年 5 月将基本完成全部赛会志愿者录用工作。期间，志愿者通用培训、专业培训、场馆培训、岗位培训将同步深化推进。

　　据悉，经确认参加奥运会、残奥会的志愿者，来源高校将会把他们纳入本校骨干志愿者培养计划，加强对他们的强化培训、日常管理、宣传激励，场馆团队每月至少组织一次志愿者培训和联谊活动。通过各种培训和活动，加强团队成员之间的磨合，不断提高志愿者的服务能力，增强他们做好奥运会志愿服务的责任感、归属感和认同感，以更好地为奥运会服务。

（四）向好运北京赛事志愿者致敬

　　"好运北京"2007 年世界青年摔跤锦标赛（图 3.10）的最后一天，兴奋剂检查团队的工作人员和志愿者们一如既往地忙碌着，一个刚刚失去父亲的孩子不舍地看了看与他一同战斗了 10 余天的兄弟姐妹，无奈地背起包，转身离去。

　　他叫吕小辉，来自北京体育大学的志愿者，在摔跤世青赛筹备和举办的 10 余天里，他把笑容和关怀留在了赛会兴奋剂检查团队的每一个人心里。然而，比赛的最后一天，父亲过世的噩耗让他默然离去。

　　通知受检运动员，陪护运动员到检查站报到，协助尿样转运，还有干不完的杂活儿，小辉和他的伙伴们的工作简单、枯燥，却又不容半点疏失。同事们口中的小辉简单、乐观。志愿者宋元玲对小辉印象开始于 2007 年 8 月 20 日运动员称重现场——"大家都抢着走到称重器上，唯有小辉在旁边犹豫了好几次才走上去，然后很释然地走下来，跑到旁边正在称重的运动员旁边瞄了一眼，很欣慰地跟我们说：'还有好多运动员比我还重呢'。"在兴奋剂检查团队的集体合影上，一眼就能被人认出的就是1米94的小辉，拍这张照片时，大家都开玩笑地说："吕小辉站哪儿都合适，没人能挡住他"。小辉在这个团队里还有个外号叫"XL"，因为只有他才能穿得上罕见的"XL"号志愿者服。

图3.10 2007世界青年摔跤锦标赛志愿者

憨厚的小辉简单，所以快乐，他乐于接受团队主管安排给他的所有工作，并且一丝不苟地把它做好。兴奋剂检查经理徐绪峰回忆说，由于小辉身材高大魁梧，自己总有意无意地把一些重体力活交给他去做，"包括和餐饮业务口对接每天去搬水这样的体力活，其他的譬如扫地、拖地更是不用说了，印象中他总是乐呵呵去做，默默地完成，然后继续做其他工作。"每次分配到小辉执行陪护任务时，他也总是憨憨地笨笨地但极其爽快地回答："嗯，好的。"

他的这份快乐感染着团队的每一个人。志愿者赵倩还记得每当自己和伙伴端着热腾腾的饭菜刚坐下时，总会有矿泉水"从天而降"摆在他们面前，虽说大家都知道是小辉同学发的，但他们每天都会期待这个小小的惊喜，"有时也会惭愧这种坐享其成，但小辉老爱揽这种活儿，也许这就是累并快乐着吧，一句轻声的'谢谢'，他也就心满意足了"。小辉在团队里人缘极好，他的同事都还记得赛前演练第一天的午餐，小辉以迅雷不及掩耳之势地把一个盒饭消灭掉，大家都傻了眼，为他食量所惊叹。那之后，每次吃饭时女生们的面包大多留给了小辉，生怕他吃不饱，而爽直的小辉也不跟大家客气，总是在腼腆地道声"谢谢"后就开始狼吞虎咽。

2007年8月26日晚，餐桌上分水的不再是小辉，水还是同样的水，但大家还是感受到异样的氛围，桌子上一堆大家吃不下的面包也不知该给谁。在这顿饭之前，徐经理从场馆协调主管口中得知，小辉情绪不太好，眼睛红红的，可能家里出了什么事。在办公室里，小辉忍着泪水告诉徐经理："家里来电话，父亲病重住院了"。徐经理当即安排小辉迅速离岗回家，"当时他还再犹豫，我知道他在想着晚上的工作。"最终，在徐经理的催促中，小辉不舍地踏上了开往包头的火车。

　　人们总习惯于把事情的结果向好的方面想，忙忙碌碌中，徐经理几乎忘记这件事。直到 2007 年 8 月 27 日晚上，当他终于可以静下来收邮件时，团队王远大夫的一封邮件提醒了他赶紧发短信询问小辉父亲的病情："小辉，情况怎么样？忙得也没来得及再多问你。王远老师让我转告，如果有任何医疗方面的需要，尽快联系他。需要我们的帮助尽管跟我说。"小辉回复的短信用了 3 个省略号："谢谢徐老师……谢谢老师们……人没了，前天（25 日）就没了……"

　　一天后，团队的同事们收到了徐经理的一封邮件。坐在计算机前，看着这封标题为"为坚强小辉我们加油"的信件，把小辉看作大哥哥的赵倩哭了，她努力让自己的心情恢复平静，但满溢的悲伤还是惊动了室友，从她那里，赵倩得到了给小辉的最好安慰："志愿者真伟大。"

　　因为工作的特殊性，兴奋剂检查团队的志愿者无法像其他志愿者那样面对记者和镜头，比赛期间这个团队也一次次婉拒了记者的采访需求。徐经理在给团队的一封信中这样写道："今天发生的事情，让我无法再缄口不语，不求表扬也不求慰问，因为任何言语此刻都是苍白无力的。只想让大家知道，我们的志愿者是多么的可爱和伟大，从他们身上我们看到了真正的奉献精神，他们以实际行动对奥林匹克精神做出最好的诠释，他们才是我们一切行动的基石。"

第四章

和谐媒体——传播和谐的奥林匹克声音

中国的广大媒体同样是备战奥运保障团队中的一员，有必要为运动员的科学备战贡献自己的保障力量，而这种保障绝对应该是和谐的、理性的，只有这样才能营造出良好的环境。

然而，浏览近期的体育新闻，在处处洋溢着国家队冬训欣欣向荣的同时，不难发现这些新闻中频繁出现"背水一战"、"决战"、"厉兵秣马"、"大战"、"没有硝烟的战争"……俨然当下进行的就是一场战争。

作为记者，是有必要写出吸引力十足的作品的，使用大量夸张的词汇，或许是一种好办法。可是此时此刻，对于中国的体育新闻而言，更需要的是一种平和的报道，"战争模式"万万用不得描写奥运备战。

大凡经历过高考的人，对考前的那段焦灼都还记忆犹新，生怕任何环节出现闪失。如今的体育健儿，恰似高考考生，神经处于高度敏感的时期。如果媒体所营造的气氛是夸张的紧张，那对于运动员的不良反应，是可想而知的。

对于中国人来说，对体育更是有着深刻的民族情结，好像每一个国力增强的关键点，都有着对应的体育突破，中国女排五连冠、许海峰的奥运第一金、刘翔的直道奇迹……体育对于振奋民族精神来说，功不可没。体育媒体对于振奋民族精神来说，同样功不可没。

但是此刻，媒体对于社会的影响力是显而易见的。笔者多次采访一线国手，他们大多会在训练之余上网，而浏览新闻更是他们上网的主要目的之一。试想，倘若一遍又一遍地看到一些媒体不厌其烦地制造类似于战争的恐怖气氛，这些国手们会怎么想呢？他们的确需要锻炼心理承受能力，能够在高压之下力争好成绩，但是这种高压完全不应该由媒体的不良引导来制造。

在新闻传播学中，有一个关于"刺激递进"的原理，那就是对受众给予一定的刺激可以吸引他的关注，而下次若再想吸引他的关注，必须施以更大的刺激。试想现在对备战奥运的冬训都如此之"刺激"，那到了明年，到了赛前，受众需要更大的"刺激"，媒体又该何以作为？

作为炎黄子孙，我们都期待着中国健儿们能够在家门口的奥运会上创造好成绩，但是他们是人，而不是神，我们当然应该充分换位思考，理解他们此刻的感受。运动员们需要鼓舞士气，但是这种鼓舞需要和谐、需要理性、需要人性化。用理性的态度去报道他们、关爱他们，我想他们不会让大家失望的！

一、赛事报道——奥林匹克的第二赛场

（一）不断被异化的奥运报道

穿越百年风雨，奥林匹克精神代代相传、生生不息。世界各地的人们一次又一次地被它的圣火点燃，在五环旗的指引下勇往直前、奔腾搏击。迄今为止，没有任何一项世界性的活动，能够像奥运会一样，调动起人类顽童似的游戏心态和哲学家似的实现"世界大同"的遐想，人类天性中美好的一切——好强、争胜、协作、友爱、正直、公道、坚毅、勇敢、爱国、无私……都得以尽情表露，潜移默化地影响着世风，促进着不同国家、不同民族之间的了解和认同。

但是，随着后工业时代的推进与商业化的不断熏染，奥林匹克精神正在不断被异化，与其本质越来越远。对这一歧义的流变，大众传媒负有不可推卸的责任，而这一异化的过程，在每一次奥运会报道中暴露无遗，并得以完整地记录与保存。

一百多年来，大众传媒凭借自己的强大影响，通过电视、广播、报纸与网络的强大辐射，无孔不入，无远弗至，塑造了一个拟态的"媒介奥运"，这一拟态的奥运与真实的奥运有着本质性的差异。由于客观存在的经验性接触不足，受众也渐渐接受了这一媒介奥运而淡忘了本质的奥运。

奥运报道对奥林匹克精神的异化与背离，主要体现在以下几方面。

1. 狭隘的民族主义和强烈的政治化倾向，与奥林匹克的和平精神背离

民族主义是 20 世纪国际竞技体育的主要潮流和基本背景，第二次世界大战以后的国际政治环境加速了奥林匹克的异化。两次世界大战期间，一些国家的竞技体育因受到军国主义的影响而得到恶性的发展，很多国家都把发展体育运动与民族的生死存亡联系在一起，把在奥运会上显示实力作为一种政治目标。20 世纪中期的世界冷战对峙，奥林匹克曾以意识形态、社会制度为分野，奥运会成为国际政治力量抗衡的文化舞台，这一点在历届奥运报道中都有突出表现。

1980 年莫斯科奥运会，遭到以美国为首的西方国家的抵制；1984 年洛杉矶奥运会，苏联还以颜色，率东欧国家集体抵制，两国的媒体也是彼此诋毁、大肆

攻击，政治的对抗剥夺了人民享受奥运的欢乐。1996 年，亚特兰大奥运会开幕式上，当中国队进场时，NBC 做了如此现场解说："他们来自中国，这个国家存在人权问题，侵犯知识产权问题，还对台湾构成了威胁"；尼日利亚代表团获得了 2 块铜牌，《纽约时报》在有关报道中对尼日利亚的内政评头论足，说尼日利亚在军人统治下变得一团糟，人权普遍遭到侵犯，涉嫌参与国际贩毒活动，等等。媒体将单纯的体育比赛政治化，在受众心中留下了阴影，此可谓是奥运报道在民族主义方面的极端表现了。

我国媒体在奥运报道中的政治化倾向也是非常严重的。从雅典奥运报道看，我国主流媒体仍然缺乏开放的视野与全球眼光。首先体现在：眼光只放在有中国运动员参加的项目上，而且集中在中国运动员的强项上，对大多数没有本国运动员参加的比赛项目较少关注或完全不做报道。比如，美国游泳选手菲尔普斯（图 4.1）一人独得 6 枚金牌，这样非凡的竞技天才，如此举世瞩目的运动佳绩，我国媒体却很少报道；德国运动员贝蒂娜·霍伊的马术金牌失而复得又得而复失，捷克选手塞布勒连续两届夺得田径赛中难度最大的十项全能项目冠军，还有斯洛文尼亚百米选手奥蒂，年届 44 岁仍然坚持参赛奋勇拼搏等，这些最能体现奥林匹克精神的新闻人物和新闻事件，我国媒体居然视而不见，让人觉得实在是欠缺大国气度。其次表现在：对待胜负心态失衡，把赛场当战场，把对手当仇敌，这在一些奥运报道话语中表露无遗。2004 年 8 月 15 日，有两家都市报在报道我国女篮与韩国女篮小组比赛结果时，用的标题分别是：《内封外堵，整死韩国》以及《双节棍困死韩国》，许多奥运赛事报道充斥着"消灭、击毙、屠戮、

图4.1　游泳天才——菲尔普斯

绝杀、干掉、斩获"等暴力词汇。类似充满攻击性的字眼极不妥当，给读者的感觉是恨不得置对手于死地而后快，不仅背离了奥运精神，还会伤害别国人民的感情，影响国家形象。狭隘的民族主义还体现在其他体育报道中。回顾 10 年体育报道，有几件事情仍是记忆犹新：1994 年，广岛亚运会女子乒乓球单打决赛上，加入日本籍的中国球员小山智丽战胜中国球员邓亚萍，获得了 1 枚亚运会金牌。一夜之间，我国媒体铺天盖地地批斗这个"走狗"、"汉奸"，更有甚者，将其称为"卖国贼"；另一典型事例是：2004 年我国举办"亚洲杯"足球赛，由于一些媒体的推波助澜，策划了以"体育抗日"为主题的系列报道，引爆了国人心灵深处的仇日心理与民族情结，以

至于在重庆和济南赛场，观众在日本队参赛的比赛现场打出了这样的标语："正视历史，向亚洲人民道歉"，乃至到中日决赛时，由体育竞争演变成一触即发的政治冲突，引起两国政府和公众的共同担忧。如此报道涉及历史记忆、民族意识、政治文化等多层面的问题，其强烈的政治倾向和狭隘的民族主义引起日本民众的强烈不满，很容易被日本右翼势力所利用。

2. 金牌至上，总以成败论英雄与奥林匹克的参与精神相悖

在大众传媒对奥运报道的话语里面，过分强调金牌的价值、集体的利益以及国与国之间的较量，弱化参与奥运的重要性、个人的价值体现以及超越自我的重要性，从而使得受众通过媒介看到的奥运与观众在现场看到的奥运有着很大的差距。

一方面，媒介在报道赛事时，总是将大量的笔墨和镜头集中于金牌得主身上，对其他运动员即便是银牌得主的报道都很少。关注金牌固然能激发民族自豪感，但金牌至上、总以成败论英雄就会产生很大的负面作用，给运动员造成压力，也会误导受众，制造"金牌奥运"效应，让受众忘却了奥运的本质。

另一方面，许多媒体不能理性看待胜负。一旦运动员在赛场上失利，一些媒体在报道中就会讥讽、挖苦和嘲笑，以此宣泄不满。如2004年雅典奥运会中国女足失利，一家报纸用特大字号打出醒目的标题——"玫瑰枯萎!!"，题下是一张占了大半个版面的女足队员失魂落魄的照片，还配发了《亲眼目睹"死亡"结局》一文将女足运动员贬得一文不值；在另一篇题为《耻辱的十字架》的报道中，对女足主教练张海涛横加指责、恶意嘲讽。部分乒乓球运动员和羽毛球男单男双相继失利，有家报纸居然比喻为"瘟疫蔓延"。类似不恰当的报道屡见不鲜，这种违背奥运精神的报道，不仅伤害了运动员的感情，也误导了受众。

2004年雅典奥运，央视喊出了"我们关注的不仅仅是金牌"的报道口号，但这一口号在实际报道并没有得到充分体现，对失利者关注太少，甚至落井下石，缺乏人文关怀。如射击选手赵慧慧在事业低谷徘徊多年后，再次参加奥运会，取得了第4名的好成绩，央视一记者采访时竟然问："你如何看待奥运会上再度失败没能为国争光？"一向温和的赵慧慧愤然还击："我这不叫失败，你要了解射击，了解我的过去！再说，没拿金牌就没有为国争光了？"说得那位记者无言以对。如此采访，以胜败论英雄，既是对运动员的不尊重，也是对奥林匹克精神的背离。

从传播效果上看，金牌的奥运几乎被所有的受众接受。历届奥运会，各大媒体铺天盖地的金牌榜，如此议程设置，一次又一次的反复强化，其传播效果的强大可想而知。以至于现在的受众已经很难想像：一个没有金牌的奥运是否还能称

其为奥运？传媒的力量是巨大的，它让受众承认了它所构建的金牌奥运，而渐渐淡忘了本质的奥运，这种局面实在让人扼腕叹息。有识之士曾质疑：如此狭隘的新闻观，如何担当北京奥运会报道之重任？当然，并不是说奥运报道不要关注金牌，金牌无疑是奥运报道的焦点之一，但绝不是奥运报道的全部。既要关注金牌项目，也要适度报道非金牌项目；既要报道奥运冠军，同时也要关注那些没有获得奖牌的一般运动员。竞技比赛是残酷的，能获得奥运会参赛资格已非常不易，每一个运动员都拼尽了全力，每一个名字背后都写满了汗水与泪水。因此，奥运报道一定要挖掘竞技运动背后的人性之光，弘扬奥林匹克精神。充满暴力与血腥的标题，狭隘的民族主义情绪等诸多"病灶"都与之相背。一句话，媒体的态度影响着公众的态度，媒体应该以奥林匹克应有的精神去引导公众。而要引导公众，媒体人必须首先锤炼自我。曾参加过多次奥运会报道的师旭平老师在中国传媒大学做讲座时曾说过这样一段话："全球有200多个国家和地区，每届奥运会，能真正获得奖牌的国家不到60个，绝大多数国家和地区从来都与奥运奖牌（更不用说金牌）无缘，尽管他们自己也深知这一点，但他们对奥运会仍然是痴心不改、积极参与，真正体现了奥林匹克的参与精神。"这样的境界，岂是那些眼中只有冠军和金牌的媒体与国人所能理解的。

3. 商业气息严重，与奥林匹克公正精神背离

一是唯钱是举，为方便赞助商进行产品宣传，无视公众利益和社会效益。比如，1996年亚特兰大奥运会，竟然根据赞助商的要求安排赛事时间，把一些关键赛事编排在深夜，引起观众强烈不满。

二是广告铺天盖地，很多媒体认为，奥运期间收视率高（收听、阅读量大），广告效果好，于是大量刊（播）广告，特别是电视和广播媒体转播比赛时，不间断地插播广告，严重影响收看收听效果，损害受众利益。根据受众对赛事报道的欣赏习惯，在进行现场直播或转播时，受众希望媒体能够保持赛事的连续性，但实际上节目频频被广告打断，影响了受众的情绪。这样做其实适得其反，受众不满情绪强烈，根本达不到预期的广告效果。

（二）构建和谐媒体，打造和谐报道

奥运会作为媒体报道的资源宝库，其重要意义不言而喻。奥林匹克精神也必须借助媒体报道特别是奥运会报道而深入人心、薪火相传，二者休戚与共、利益相关。构建奥运与媒体的和谐关系，应努力解决好以下几个方面的问题。

1. 奥运会应努力做好媒体服务工作，为各国媒体报道奥运提供良好条件

无论从历史还是现实的角度看，新闻媒体对现代奥林匹克的发展都起着重大的作用。奥运会必须借助现代媒体的力量向全世界传播其理想、宗旨、精神，报道其比赛和活动情况，并通过出售电视转播权和标志使用权等获得资金来源。因此奥运会应尽可能做好媒体接待，保证媒体全方位接触奥运、采访奥运、报道奥运，使媒介奥运尽可能反映真实的奥运。

按照国际奥委会的要求以及北京在第 29 届奥运会申办报告中关于新闻宣传与媒体服务的承诺，北京奥运会期间，北京奥组委要为全世界的媒体提供一流的工作、生活条件和交通服务，确保记者快速、高效、成功地报道奥运会，并在采访报道中，保证记者享有充分的自由。但令人担忧的是，虽然北京奥运已进入倒计时，我国相关部门对媒体服务的认知还很不到位。在因特网上用"google"搜索一下，约有 22 800 000 项符合"媒体服务"的查询结果，其中很多人对"媒体服务"的理解是媒体所带来的服务，只有少数业内人士解释为"为媒体服务"，这无疑会影响我国媒体服务的质量，不利于建构完善的体育媒体服务系统，不利于奥运会与媒体的良性互动，也会影响到我国的国际声誉，希望能引起有关部门的高度重视。

2. 培养一支高素质的体育报道队伍

当前我国体育新闻报道队伍整体素质偏低：一是政治素质低，分不清狭隘的民族主义与真正的爱国主义，导致新闻观狭隘，缺乏开放的视野和全球眼光；二是专业素养差，对体育知之甚少或完全不懂体育，强不知以为知，这些问题使得奥运报道存在着严重缺陷，特别是欠缺专业水准与人文关怀，与奥林匹克精神相距甚远。文汇报体育部主任叶志明在 2005 年重大新闻采访期间，对 100 余位运动员、教练员、体育官员等进行了问卷调查，发现我国体育界人士总体上对体育报道的满意度偏低，对体育记者整体素质的评价不高。由此可见，加强体育报道队伍的培养，是提高奥运报道质量的当务之急。

3. 媒体应加强自律，以弘扬奥林匹克精神为己任

目前国内媒体是泥沙俱下，鱼龙混杂。一些媒体唯利是图，目光短浅。在商业化大潮的侵袭之下，一些以社会责任为己任的媒体也开始放弃初衷，滑向媚俗的泥淖。世界已走向传播全球一体化格局的新时代，国际一流的媒体都深知：培养高素质的受众比什么都重要。因此，不能因贪图一时之利而误导受众，丧失品位与责任，这样做到头来只能是搬起石头砸自己的脚，失去公众的信任与支持，丧失了公信力也就丧失了竞争力，断送了可持续发展之路。对于所有参赛国尤其是主办国及承办城市来说，奥运会都是一次空前集中的"媒体形象"考验。由于现代传媒市场的激烈竞争，各国媒体无不将奥运会视为4年一度的新闻大决战，并努力抓住这一机遇，内树品牌，外展形象，在与国际传媒的较量中全面提升竞争实力。在这样的国际较量中，缺乏责任感和全球眼光的媒体是绝对要败下阵来的。

"同一个世界 同一个梦想！"北京奥运会举办在即，能否做好奥运报道，决定着北京奥运会的成败，也关系到中国的国际形象。当代世界风云变幻，国际传播竞争激烈，但愿我国媒体能抓住2008年北京奥运会这一契机，展示五千年泱泱古国的雍容气度，尽显华夏文明博爱仁厚之风采，并将中华文化精髓与奥林匹克精神水乳交融，让世界充分了解中国，也让中国真正走向世界。

二、电视传媒与现代奥林匹克运动的和谐共生

作为当代人类社会最有影响的国际运动之一的现代奥林匹克运动之所以能够历经百年而不衰，电视传媒起到了十分重要而关键的作用。今天，电视传媒已成为奥运会一个不可或缺的重要组成部分，不仅对奥运会起着巨大的宣传作用，而且成为国际奥委会与奥运会主要的资金来源和营销市场。同时，奥运会最高水平的竞技运动不仅使电视增加了收视受众，而且给电视传媒带来了无数的广告，大大增加了其品牌价值。可以说，电视传媒与现代奥林匹克运动的结合是体育与传媒和谐共生，共同发展的经典之作。

1. 电视传媒与现代奥林匹克运动的联姻

1936年11月，英国广播公司在伦敦以北的亚历山大宫建成英国第一座正式的电视台，也是世界上第一个电视台。也就是这个时候，柏林奥运会成了奥林匹克运动与电视联姻的开端。而奥运会电视报道发展的重要时期则在20世纪60年代。1960年的罗马奥运会，欧洲人可以通过通信卫星观看比赛。旧金山的"晨鸟"卫星直播了1964年东京奥运会的比赛盛况。到了1968年的墨西哥奥运会，就可以通过卫星对多场比赛进行转播，并出现了彩色画面。从此，电视作为一种新的媒体，以特有的优势在奥林匹克运动中发挥越来越重要的作用。在第27届悉尼奥运会上，有37亿观众通过电视转播观看了奥运会比赛，全球约220个国家和地区转播奥运会的盛况。与1996年亚特兰大奥运会相比，电视观众增加了7亿人，出售电视转播权的收入达到了13.31亿美元。作为商业运作的电视转播开始于1960年，洛杉矶冬季奥运会将电视转播权卖到5万美元，虽然和现在高

达数亿美元的转播费相比微不足道，但当时在世界上引起了很大的轰动，因为这"虽然是奥运会迈出的一小步，但却是体育产业制度迈出的一大步"。

2. 电视传媒与现代奥林匹克运动的和谐共生

当前，奥林匹克运动与电视传媒之间建立起来的相互作用、相互依赖的互动关系越来越密切。以电视媒体为例：电视媒体是体育产业发展的重要促进因素，一次大型比赛，一般现场观众不过数万人，而通过电视的转播，观众可达数亿人；再经过成千上万电视媒体的进一步传播，受众人数将会以几何数增长。这种互动体现了电视传媒与奥林匹克运动和谐共生的紧密关系。

（1）电视传媒对现代奥林匹克运动的促进作用

第一，传播与沟通体育比赛信息。电视传媒在信息的传播上同样有特殊的优势，作为最为有效的社会信息沟通工具，电视传媒在现代职业体育逐步扩大自己的影响力，从一地、一国走向世界的过程中扮演着举足轻重的角色，伴随着传媒形式的发展，奥林匹克运动得到了更为有效的推广。电视传媒传播职业体育比赛信息，受众或来到赛场观看比赛，或通过媒介了解了比赛信息，从中获得极大的满足感。电视传媒为奥林匹克运动成长为一项高赢利的产业奠定了基础。

第二，促进奥林匹克运动的商业化。从 20 世纪 60 年代开始，随着电视转播技术的发展，逐渐形成了一个巨大的体育转播与广告市场，出售电视转播权成为奥运会的主要资金来源。在 20 世纪 70 年代，出售电视转播权的收入已占到奥运会总收入的 70% 以上。1984 年洛杉矶奥运会出售电视转播费为 2.28 亿美元，1988 年汉城奥运会达 4.07 亿美元。直到现在，虽然国际奥委会实施了一系列市场开发计划，力图降低对电视转播收入的依赖，但出售电视转播权仍然是奥运会收入构成中最大的一笔。

第三，塑造职业体育的健康形象。电视媒体可以利用自身广泛的影响力，对社会舆论的形成和发展施加强大的影响。在信息社会中，电视传媒的意志对舆论生成的引导力量，是其他任何社会力量难以匹敌的。在传媒的强大舆论监督作用下，职业体育中任何违背道德准则、违背公平竞争精神的人和事件大都会受到有力的谴责，如约翰逊的兴奋剂丑闻遭到人们的唾弃；而 NBA 巨星飞人乔丹、我国篮球运动员姚明、高尔夫王子伍兹的健康形象（图 4.2，图 4.3，图 4.4）则带给人们极大的精神愉悦。电视传媒的监督作用有效维护和塑造了奥林匹克运动在公众心目中的健康形象，为职业体育赢得了更多的支持者。

图 4.2　乔丹

图 4.3　姚明

图 4.4　伍兹

第四，促进奥林匹克运动的独立和发展。奥林匹克运动不是在真空中运作的，在现代国际环境中，它必须面对不同的国家、人种、民族、宗教、文化及各种政治势力。作为一个非政府性质的国际运动，其存在与发展的前提就是坚持其独立性，避免上述各种因素的影响而沦为某些国家或政治集团的工具。百年来，为了维护奥林匹克运动的独立，国际奥委会一直在进行艰苦的非政治化斗争。在国际奥林匹克运动为坚持其自身独立而进行的艰苦斗争中，电视传媒给予了有力的支持，电视传媒通过宣传奥林匹克主义与理想，使全世界人民充分理解国际合作、相互谅解、友好交流对人类文明进步和社会发展的重大意义，使世界各国人民支持奥林匹克运动，支持国际奥委会保持独立的决心。如在慕尼黑奥运会发生恐怖主义袭击事件和 20 世纪 80 年代奥运会遭受大规模政治抵制时，国际舆论和电视传媒就给予了国际奥委会以支持和声援，反对将奥运会与体育作为政治斗争的工具。与此同时，大众传媒还通过各种方式在经济方面给予了奥运会有力的支持。这些都使奥林匹克运动在其发展中既具备了广泛的群众基础，又获得了雄厚的财力，使其具有独立运作的舆论环境和经济保证，并向纵深发展。

（2）现代奥林匹克运动对电视传媒的积极影响

第一，奥运会电视转播权的销售促进电视传媒的发展。第二次世界大战后，国际奥委会陷入经费困难，开支超过主要由会员费构成的财政收入的 1 倍。无奈中的国际奥委会打起了举办国门票的主意，决定从门票收入中扣款 3%，以缓解困难。1948 年，在伦敦举行的战后第一届奥运会，靠门票收入，不仅满足了举办奥运会所需的全部开支，而且给举办国带来约 35 万美元的收入。随着奥林匹克运动的发展，奥运会重要性日益提升，国际奥委会及承办奥运会的组委会的花费越来越多，到 1950 年国际奥委会几乎到了破产的边缘。此时国际奥委会再次研究奥运会主办国组委会所获收入的分配原则，但他们还是没有注意到电视，或者也许有人注意了，却没有拿出成熟的方案从电视台获取收入。而电视台最初也是把体育报道作为普通报道来对待，后来体育报道产生的效果，让电视台逐渐看到了体育报道的收视价值，并对体育报道产生了浓厚的兴趣。

在 1956 年墨尔本奥运会前，国际奥委会制定了新的财务计划，其直接的动机就是要电视台"放血"。1956 年国际奥委会开始出售电视转播权，但方案刚一出台就遭到了美国三大广播网的强烈抗议，美国人认为奥运比赛是新闻而不是娱乐，电视台没有义务掏钱报道奥运会。好在美国几家小公司给了组委会一点"面子"，在三大电视网的吵闹声中，他们掏出了一笔象征性的"转播费"。本次奥运会转播权销售虽然受挫，但却是体育比赛由"新闻"转向"娱乐"的分水岭。1958 年，处在经济困境中的国际奥委会终于将奥运会的电视版权写进了《奥林匹克宪章》，宪章第 49 条明确地划分了体育与娱乐的界限。奥运会现场直播是娱乐内容，国际奥委会是其转播权的唯一拥有者，由承办国组委负责销售，所得收入按有关规定进行分配。第 49 条还对电视台播报奥运新闻进行了严格的限制：无论私人电视台还是电视网都可以播报奥运新闻，但是直接引用奥运会的现场内容不得超过 3 分钟。电视台或电影可以在 24 小时内插播奥运会内容 3 段，每段3 分钟，段与段之间至少还要相隔 4 小时。如果电视台播放的新闻越过了宪章规定的界限，就变成了"娱乐"，需要另外交费。面对国际奥委会对电视转播费的信念，美国人的态度动摇了。到 1960 年，美国各大广播公司就在购买转播权上展开了商业角逐。自此，在美国媒体的推动下，电视转播权的销售价格以惊人的速度向上攀升。

1960 年	罗马奥运会	39.4 万美元
1964 年	东京奥运会	150.0 万美元
1968 年	墨西哥奥运会	450.0 万美元
1972 年	慕尼黑奥运会	750.0 万美元
1976 年	蒙特利尔奥运会	2500.0 万美元
1980 年	莫斯科奥运会	8500.0 万美元
1984 年	洛杉矶奥运会	22 500.0 万美元
1988 年	汉城奥运会	30 000.0 万美元
1992 年	巴塞罗那奥运会	63 600.0 万美元
1996 年	亚特兰大奥运会	89 500.0 万美元
2000 年	悉尼奥运会	132 300.0 万美元
2004 年	雅典奥运会	147 300.0 万美元
2008 年	北京奥运会	170 300.0 万美元（预计）

　　第二，现代奥林匹克运动催生体育电视产业。现代奥林匹克运动的发展不仅随着电视的报道传播到全世界，而且催生了体育电视产业。随着现代奥林匹克运动的不断壮大，体育电视传媒也不断发展壮大。相应的，体育传媒也因此不断地发展壮大。以美国为例，全美超过1500个电视台和近12 000个地方电台播放体育节目，以及平均每年收看179小时体育节目的观众。平面媒体部分，据市调公司SRDS资料，1996年美国有1500多家日报和7500家周报，大多数有体育版面，同时，占从业人数19%的新闻记者负责采访体育新闻。电子媒体，尤其是美国三大电视广播网：美国广播公司（ABC）、哥伦比亚广播公司（CBS）和全国广播公司（NBC）为争夺包括奥运会等吸引眼球的转权争夺战日益升温，加上后起之秀如福克斯广播公司（FOX）、联合派拉蒙电视网（UPN）、华纳兄弟电视网（WB）、ESPN体育频道等，相继卷入。1995年欧洲只有3个电视网播出体育节目，如今体育频道已经超过20个，向1.5亿个有线和卫视家庭不停地播出体育比赛实况和录像。

　　第三，现代奥林匹克运动带给电视传播集团巨大的经济利益。电视传媒与奥林匹克运动获得经济利益是建立在对受众注意力成功争夺基础上的。首先奥林匹克运动凭借自己提供的精彩体育赛事吸引了大量观众，这又吸引了众多媒体的报道和关注。电视台通常是体育产品在流通领域中的最大经销商，运动竞赛和表演的画面和与之相关的产品，通过媒体的窗口连接观众，连接广告商和赞助商，从而帮助奥林匹克运动实现最大的市场效益。电视媒体为奥林匹克运动的发展起到了有效的宣传作用，激发了社会对职业体育更多的认同感，培育和扩大了职业体育的观众市场，积极推动了职业体育的发展。电视媒体对职业体育经营的介入使得许多企业更加支持奥林匹克运动，企业通过赞助奥林匹克运动而使自己的品牌和产品增加了在电视传媒上曝光的次数，电视传媒对奥林匹克运动的报道增加了企业产品与消费者接触的机会，对于树立自己的品牌是非常有帮助的。奥林匹克运动吸引了大量的赞助商出资赞助比赛，使奥林匹克运动获得了充足的发展资金，可以加强运作和策划，提升自身品质，吸引更多关注；随着奥林匹克运动的影响力日益扩大，电视传媒也能够从报道奥林匹克运动中吸引更多的受众，进一步扩大自己的社会影响和得到更多的广告收益。

（3）我国电视传媒与 2008 年北京奥运会

雅典奥运会后，国际奥林匹克运动进入了北京奥运会周期，全世界的目光开始聚焦中国。2008 年在北京举行的第 29 届奥运会期间，全球将有 200 多个国家和地区的 16 000 余名广播电视媒体人员来北京进行广播电视转播工作，这一数字比全球参赛的运动员还多 5000 余人。对于我国电视传媒来讲，没有任何一项重大活动能像北京奥运会这样，提供如此多、如此深的国际交流合作的机会。近五千年的中华文明史，造就了中国悠久的文化传统。奥林匹克文化的发展同样有久远的文化传承，电视媒体在其发展过程中起到了重要的推动作用。2008 年北京奥运会我们应紧紧抓住这一主题来彰显我国的民族文化，可以充分利用电视媒体传播中华民族的优秀文化，利用这个时机来提高国家的凝聚力、影响力和国际地位，并处理好与国外媒体的关系。因此借助二者之间的共生关系，相信可以把北京奥运会办成奥运历史上最成功的一届奥运会，使比赛和奥运经济相辅相成，共生双赢。

总之，在奥运百年的历史发展过程中，奥林匹克运动和电视传媒一直有良好的关系，并且互相促进和发展。在 21 世纪里，奥林匹克运动和电视传媒的关系将更加密切，奥林匹克运动和电视传媒将继续协调发展，在共生中达到共赢。

三、公益广告——播种文明，传播和谐

2008 年已经悄然临近，尽管有许多人还沉浸在昨日申奥成功的喜悦当中，现实当中确实有许多事情需要我们去做。北京，中国以至世界都在热切地期盼着奥运。同时这又是对中国人民的一次考验，毕竟这是中国第一次举办奥运会。改革开放以来，中国开始融入世界的舞台。而这正是见证中国现代化成绩，向世界展示具有五千年文明风采的古老中国浴火重生之后焕发新貌的绝佳机会。因此对于中国而言，举办奥运会的意义远远超过了活动自身。

也正因为中国是第一次举办奥运会，大众对其还很陌生，未免显得有些手足无措。所以有必要通过大众媒介来调动大家的参与积极性和支持的热情度。同时引导大众的行动，重塑大众的价值观念和文化性格。以致向世界展示一个古老而又现代的中国的目的。

公益广告无疑是实现这一目的的良好途径。因为它绝非仅仅是简单地说教与规范，更多地在于它作为一种说服艺术的自身魅力以及深厚的人文精神，使人们在欣赏它的美学价值的同时潜移默化地深受其蕴涵的文化主题的影响。

奥运在即，中央电视台特地录制了一批宣传奥运精神的公益广告片，来弘扬"同一个世界 同一个梦想"的奥运主体，体现绿色奥运、科技奥运和人文奥运的宗旨，为百年奥运来到中国营造良好的宣传氛围。

（一）中央电视台公益广告

随着 2008 年奥运会的日益临近，全社会迎接奥运的热情日益高涨。为了鼓励文明行为，树立社会道德风尚，为即将到来的奥运会创造和谐、美好、文明的社会氛围，"迎奥运 讲文明 树新风"的主题宣传成为全国媒体 2008 年"两会"后的重点，而中央电视台作为国家电视台更是积极响应，做出表率。

为积极落实"迎奥运 讲文明 树新风"的公益宣传，中央电视台采取了一系列措施。一方面，中央电视台广告部分批召集 25 家业内优秀创作团队，广泛征集奥运公益广告创意方案。经过对 25 家公司的近 30 个广告创意进行层层筛选，最终确定了《新记录篇》、《婴儿篇》等 8 支公益广告，并及时投入拍摄制作。另一方面，广泛发动中央电视台主持人、演艺明星、体育名人、知名导演等参与广告拍摄，同时在全社会征集"迎奥运 讲文明 树新风"主题公益广告。一批优秀主持人，如白岩松、敬一丹、王小丫、撒贝宁等参加该系列公益广告的拍摄。随后陆续推出的一系列创意新颖、制作精良的公益广告，在中央电视台各个频道的重点时段高频次播出，掀起全社会"迎奥运 讲文明 树新风"的热潮，为迎接 2008 年北京奥运营造和谐、热烈的社会氛围。

中央电视台广告部具体承担了"迎奥运 讲文明 树新风"系列奥运公益广告的组织制作工作。2008 年 3 月陆续推出的《婴儿篇》、《新记录篇》等公益广告，中央电视台各重点频道、重要时段滚动播放，获得广泛好评。其中，《新记录篇》（图 4.5，图 4.6）的主角是 3 个普通工人，他们在各自的工作岗位上从事着平凡而辛劳的工作，但是他们都被奥林匹克不断自我挑战、追求卓越的精神所激励，每天不断进取，创造他们自己的"新记录"。《婴儿篇》展现的则是婴儿睡梦中对未来的追求与渴望，将人类生命最初的梦想与奥运精神"更高、更快、更强"的追求相融合，阐述 2008 年北京奥运的主题"同一个世界 同一个梦想"。《婴儿篇》于 2007 年 3 月 5 日的《新闻联播》中播出，迅速家喻户晓。

图4.5 公益广告——《新记录篇》

图4.6 公益广告——《新记录篇》

2007年3月底，"迎奥运 讲文明 树新风"系列奥运公益广告进入第二个集中制作阶段。此次由中宣部发起，中央文明办、广电总局、国家工商总局和北京奥组委共同参加，将制作一批以"迎奥运 讲文明 树新风"为主题的、体现国家水平和国际水准的公益广告，时长在2～3分钟左右，并邀请形象健康、正面、阳光的社会各界知名人士（如演艺明星、体育明星、主持人等）参与公益广告的拍摄，以扩大该系列公益广告的吸引力和影响力。

2007年4月5日，广告部召开"迎奥运 讲文明 树新风"奥运公益广告创意研讨会，诚邀广告业界知名创意专家、学者，就第二阶段经过多次筛选后入围的4支创意进行讨论点评指导，并就下一阶段的创意制作工作进行探讨。中央文明办协调组组长李小满局长、赵树杰处长出席会议并讲话。广告部主任夏洪波、副主任陈荣勇和多位广告创意专家对各家广告公司提交的最新创意方案进行认真细致的评审与讨论，力求体现公益广告制作的最佳水准。

2007年5月1日开始，第二系列《鼓掌篇》、《关注篇》和《心愿篇》等三支公益广告通过中央电视台向全国播出。

《鼓掌篇》：通过"鼓掌"这个简单的动作，以这种人类文明共同的语言，反映出很多美好的态度和情感：热烈的鼓掌意味着欢迎，给对手的掌声体现了风度，对弱者的掌声表示鼓励……这个动作是超越语言和国界的表达所有人都能感受到。本片以"鼓掌"为主题和线索，展现和号召国民从最小的文明动作做起，在奥运赛场内外，都能立竿见影地提升世界对中国文明的印象。

《关注篇》：通过中央电视台的著名主持人李咏、王小丫（图4.7）、周涛、董卿、崔永元、张斌、朱军、徐俐、鞠萍（图4.8）、欧阳夏丹观察到的一个个

图4.7　公益广告——《关注篇》

图4.8　公益广告——《关注篇》

"常常被忽略的瞬间和行为"（例如在电梯里面，电梯门马上就被关上，这时一个人跑了过来，你做何反应?! 再如，在咖啡馆里结完账出去，路过一个桌子看到别人的咖啡杯紧贴着桌边，你如何反应?! 等生活的细节），用人性角度来阐述"帮助别人很快乐，被人帮助很温暖"。该公益广告将主持人设计成一个近距离的观察者，时时刻刻注意这个社会发生的事，体现了媒体所承担的社会责任。

《心愿篇》：本片邀请刘欢、宋祖英（图4.9）、汤灿、韩磊、陈明、徐帆、孔祥东等7位明星以寄语的形式，阐述对于奥运的企盼和对创造和谐、美好、文明的社会，树立社会新风尚的美好期望。明星参与公益活动，启动明星效应，影响到更多的、更广泛的观众群。

为了加强宣传力度，让更多的观众感悟"迎奥运　讲文明　树新风"宣传主题的精神，中央电视台特别在晚间19：51 和21：45 两个黄金时间段各开辟出 1 分钟和 2 分钟两个专门的播出平台，其他频道也高频次播出"迎奥运　讲文明　树新风"主题公益广告。

图4.9　公益广告——《心愿篇》

2007 年中央电视台依托自身强大的影响力，大力推动公益活动开展，充分显示了作为国家电视台强烈的社会责任感。中央电视台以更关注社会，贴近民生的视角，影响舆论、引导舆论、主导舆论，积极推进和谐社会建设。5 月中下旬，为迎接北京2008 年奥运会，创造和谐、文明的社会氛围，又播出第三批"迎奥运　讲文明　树新风"公益广告。

第三批播出的"迎奥运　讲文明　树新风"公益广告包括《曲艺篇》、《相信篇》和《福娃篇》三支作品。

《曲艺篇》由姜昆、冯巩、王馥荔、巩汉林、朱时茂等多位曲艺名家参演，通过多种曲艺形式，在轻松幽默的气氛中表达国人迎接奥运到来、树立文明风尚的热情和行动。

濮存昕参演《相信篇》充分结合了濮存昕热衷参与公益事业的个人特点，让他用发自内心的话语去消除人们对于公益事业的麻木和不信任，诠释了公益广告的目的所在，是一种信心的呈现和对公德意识的鼓励与呼吁。同时，也是对人们如何看待公益广告、带着何种心态去对待公益事业的一种解释，不仅起到了一般公益广告的作用，还促进了其他公益广告效果的提升，很好地配合了 CCTV 在奥运到来之际的一系列公益广告活动。

《福娃篇》以充满活力和热情的北京奥运吉祥物福娃为主角，将全篇分为"改善市容"、"个人文明"、"人情味"三部分。通过福娃的行动路线来引导事件发展，福娃由机场的大幅广告牌开始，之后进入城市，在路过的每一个地方都倡导人们注重环境、讲文明，与各个人群互动交流，看到了东道主北京的热情好客和高度文明，树立北京的文明形象。

"迎奥运 讲文明 树新风"系列公益广告作品从社会各界广泛征集创意，得到了多位演艺明星、知名主持人和在世界上有影响力的华人的热情支持和踊跃参与，增强了公益广告的影响力和吸引力，拍摄地点遍布全国各地，参与拍摄和制作的人员超过2000人。通过中央电视台的广泛播出，已经在社会上掀起了一股"迎奥运 讲文明 树新风"的文明之风。可以坚信，伴随着"迎奥运 讲文明 树新风"后续系列公益广告的推出，全社会必将形成和谐、文明的良好氛围，迎接北京2008年奥运会！

中央电视台作为国家电视台，同时也是2008年北京奥运的主播台，为进一步加强"迎奥运 讲文明 树新风"的宣传力度，下一阶段将协调全台的广告和栏目时间，特别拨出各主要频道的黄金时间，用于"迎奥运 讲文明 树新风"系列公益广告的播出。自2007年3月底开始，中央电视台投入不少于12个频道，每天累计不少于30频次滚动播出奥运公益广告，个别优秀的广告作品还将安排在《新闻联播》、《晚间新闻》等最重要的栏目内播出，营造轰轰烈烈的"迎奥运 讲文明 树新风"舆论氛围。

（二）公益广告的文化内涵

公益广告文化作为当今大众文化的重要组成部分，对人们的思想，观念甚至生活方式都产生了深远影响。公益广告是一种不以收费性的商业宣传来创造经济效益，而是以"免费"推销某种意识和主张，向公众输送某种文明道德观念，以提高他们的文明程度，获取良好的社会效益的广告。公益广告是为营造一种社会氛围。从某种意义上说，一个城市、地区、国家的公益广告水平，是这一城市、地区、国家民众文化道德水准和社会风气的重要标志。

公益广告在国外起源较早。现在欧美国家的公益广告已相当普及，尤其是电视公益广告。我国的公益广告事业这些年也有了长足发展，尤以电视为最。

与商业广告相比，公益广告在创意上相对自由一些，因为商业广告不可避免受到广告主的制约。而公益广告只需符合本国的道德规范和法律，受约束较少，创作者有更大的发挥余地。而它与商业广告的本质区别在于：它不是去塑造品牌形象、商品个性，不负有推销商品和劳务的义务。它关注和表现的对象是人及其思想和行为，提出的是社会伦理道德等社会文化方面的内容，通过具体的形象激起美感，在审美的体验中明辨是非善恶。所追求的是重塑社会成员的文化性格，为人类社会的文明进步做出贡献。

总体上来讲，迎奥运公益广告片具有共同的一些文化特征，这主要体现在它们的现实性与导向性上。

1. 现实性

现实性可算作是公益广告最鲜明和本质的特性。作为由物质决定的精神产品，公益广告表现的内容都是现实的"进行时"，针对社会中出现的问题做出的积极反应。正是面对迎接奥运的压力和公众对奥运精神的淡漠以及社会中普遍存在的文明道德方面种种不利于奥运的现象，习惯的存在，央视才推出了这一系列公益广告，以期影响广大受众的思想与道德观念，从而达到改变人们行动的目的。所有广告内容无一不在宣传与奥运相关的东西，或是提倡，或是批判，但都与现实紧密相连。通过现实性特征，进而我们不难发现与之相关的另外一个特性：主题的明确性。

2. 主题鲜明性

这可以算作是广告文化的一个通性，即一则广告是在非常明确地传达一个主题。由于广告在传播中的特殊性（时间短，内容有限，受众容易忘记），决定了它必须通过鲜明的主题来达到其宣传效果（只有主题鲜明才能给受众留下深刻的印象）。公益广告自然也不例外。

迎奥运公益广告的核心主题是"迎奥运　讲文明　树新风"，这也是它最重要的广告语。所有的广告分篇都在围绕这一主题寻找自己的创意。例如，《掌声篇》的口号是"让世界记住我们的掌声"；《冯巩篇》是批评交通违规现象，提倡遵守秩序的文明行为；《关注篇》提出"爱心传递你我，文明就在身边"，呼唤将"爱心口口相传，手手相传，心心相传"。

3. 导向性

这一点主要体现在公益广告的目的上。公益广告的社会效益便在于通过一点一滴的创造和积累，积极参与营造一个良好的社会氛围，来潜移默化地作用于人们价值观念的形成，慢慢地使社会公众达到"从善如流"的境界，进而起到进化人们的心灵，匡正时弊，树立新风的目的。而从以往的经验中公益广告达到的效果来看，公益广告也的确在一定程度上起到了这样的作用。

社会的责任在于正确地引导人们，在于建设一种健康的积极向上的文化，帮助人们确立一种健全的理性，正确的理解人生的价值和意义。公益广告义不容辞地承担起了这份责任。劝导分为流泻式劝导和冲击式劝导。流泻式没有严格的对象范围，广而告之，广而导之。冲击式则明确具体的对象群体，针对性强。应该说，奥运公益广告集中了这两种特征于一体。一方面，它并没有多么严格的对象范围，面向的是所有中国人，全体受众。另一方面，它有很强烈的冲击力，目标明确，希望能在短时间内起到明显的效果。同样在《掌声篇》和《冯巩篇》里都有鲜明的体现。前者正面倡导"文明的掌声，欢迎的掌声，鼓励的掌声"，后者则反面立意，但目的依然是在提倡文明行为。此外还有《新记录篇》，分别通过邮递员，送水工，长途司机，清洁工四个职业形象的任务的行为来表达一个相同的口号：今天我创造了新记录。最后让画外音说出广告语：每天都有新记录，奥运就在你身边。显而易见，广告在暗示我们去努力的创造新记录，这样便是在体会奥运精神！

具体说来，不同的广告通过它独特的画面，声音，时间的组合，体现出了不同程度的意蕴性。有些则在其传播的文化语境中体现出了民族性的特征，另外还有的注重了广告的情感性等。

4. 意蕴性

广告的文化意蕴是指广告的文化内容是借助于广告形式完美表达出来的，是蕴藏在广告深层结构的底层，让受众从欣赏中品位到的某种做人的真谛，某种人生的真理。这种文化意蕴是广告的精神内核。

广告的主题一般是明显的，浅陋的，会在广告语中标出。而意蕴则是隐晦的，深藏的，其内涵只有品位中方可见出。意蕴的有无、深浅会影响到广告的播出效果，进而带给人们不同的感受和影响。

奥运公益广告之《婴儿篇》便体现出了深厚的文化意蕴。广告画面先让婴儿的手轻轻一动，接着描绘的是举重运动员的抓举，进而是婴儿的脚轻轻一动，下一个画面则是百米运动员的脚踏，然后是背轻轻一动，出现了跳高运动员的跨越。此时响起了画外音：源自生命最初的梦想。最后又回归到核心广告语"同一个世界　同一个梦想"。

《婴儿篇》以温馨的氛围，呈现出不同婴儿对未来的追求与渴望。也代表纯洁的人类有相同的梦想。体现了婴儿在梦想中展现未来的希望。这种人之初的意识在世界每种肤色，每种语言里都是同一个梦想。

5. 民族性与情感性

只有民族的，才是世界的。不同的地域文化，民族性格反映出来的社会习惯，价值观念，道德取向千差万别。在世界越来越体现出一体化特征的过程里，多元化的价值理念越来越受到人们的重视。因此在广告的创意当中我们也不得不考虑这一元素在内。

《掌声篇》的产生便是充分考虑了我们本民族自身特征的结果。以中华民族为代表的东方文化理念里讲究的是为人的含蓄，这是评价一个人修养高低的重要标准之一。然而西方世界大多是开放的民族，文化追求比较豪放，民族性格开朗。既然奥运会是一场中国接纳世界文化的活动，所以要求我们以一种更为热情，活泼的方式来表达我们的感受。

《体育篇》更是充分联系我国国情，不是简单地讲那些空、远、浅、露、粗的无用话，而是紧紧把迎奥运与国家、民族的命运和发展结合在一起，以真情实意打动观众，从而引起共鸣。《体育篇》中的广告语如下：（老人）迎奥运和改革开放，使得世界认识了我们，肯定了我们。（幼儿园老师）讲文明，作为优秀文化的传统继承人，更值得我们推广。（厨师）树新风，在世界范围内树立我们中国的风范。最后画外音：你不行动吗？让我们行动起来！

20世纪这100年的风雨沧桑，给几代中国人都留下了深刻印象。如今在党的领导下走上了日益富强的道路，使古老的中国重焕青春光彩，这不禁使许多人感慨良深。中国人向来重视情感，当听到这样动人心弦的话语，又有谁能不为之所动呢？

公益广告以其具体生动的感性形式，蕴涵着深刻的道德理性内容，容易得到广大群众的欢迎，并在愉悦的审美享受中认同和接纳其中的道德精神。中国几千年积累下来的华夏文明在全球激烈竞争与积极合作的大环境中艰难地寻找着自己的道路。免不了有一些陈旧的思想观念和道德习惯要遭到淘汰，同时一大批全新的文明的价值观念和行为需要得到提倡。公益广告可谓任重道远。濮存昕的《相信篇》奥运公益广告可谓道出了一个将会拥有崭新未来的中国的心声："有人这样问过我，播出的一条公益广告，能不能改变我们生活中的那些陋习呢？我说不，公益广告对于社会中的那些不文明的现象，也许不可能药到病除，但是我相信，一条公益广告就好像是一盏灯，灯光亮一些，我们身边的黑暗就会少一些。并且我更相信，每个人的心灵都像是一扇窗，窗户打开光亮就会进来。我相信'文明就在我们身边'，离我们很近很近，近得触手可及。有时候，文明离我们只不过是10公分的距离；有时候，也许只是几十厘米的宽度；也有时候，可能只是一张纸的厚度；我相信，其实文明就在我们心中。我们会在生活中不经意地流露着。有时，多一份手势对别人来说，就是多一份体谅；有时候，多一点耐心的等待，对别人来说就是一种关爱；有时候，多一点点分享，对别人来说就是多一份温暖。我相信，我们每个人迈出一小步，就会使社会迈出一大步。所以我发现，文明是一种力量。就好像奥运火炬传递一样，在每一个人手中传递，也能够汇聚所有人的热情，我相信你，相信屏幕前的你，更多地来发现，来释放自己文明的热情。文明的中国盼奥运，迎奥运、讲文明、树新风。"

四、媒体运行部——我们已经准备好了

在奥运会上，除了运动员之外，最忙碌的人莫过于前来采访的记者了。每一届奥运会都会上演一场激烈的新闻大战，媒体之间比拼的激烈程度有时并不亚于赛场上的运动员，在那种高度紧张的状态下，记者们最希望的就是组织者能够提供尽可能周到和细致的服务。北京奥运会设立了为记者提供服务的媒体运行部，是中国举办各种大型活动中首次引入媒体运行服务的概念，从筹备之初就全力筹划相应的设施和服务。

（一）主新闻中心——奥运会文字和摄影媒体工作的大本营

北京 2008 年奥运会主新闻中心（MPC）是第 29 届夏季奥运会期间，注册文字和摄影媒体的工作总部，也是赛时北京奥组委新闻运行的工作总部。奥运会时，MPC 将为来自世界各国的 5600 名注册记者提供 24 小时设施、信息服务和其他相关服务。北京 MPC 还将用于 2008 年北京残奥会主新闻中心。

北京奥运会 MPC 为奥运会新闻运行提供合理的规划布局。12 部电梯和 4 部自动扶梯连接 MPC 各层，人员流线便利，运作高效。MPC 各层还有主街与各功能区相连。

1. 一层布局

根据国际奥委会的要求，MPC 一层将为注册文字和摄影媒体提供以下设施和服务：服务大堂和服务台、商业区和银行、拥有 980 个工作位的文字记者工作间、成绩公报/成绩打印分发服务、奥林匹克新闻服务总部和语言服务、新闻运行工作区、北京奥组委新闻运行官办公室、国际奥委会新闻宣传办公室、服务中心。

服务大堂设有主服务台（提供奥运会总体信息并为报道奥运会的媒体创造便利条件）、交通服务台、残奥会信息服务台和新闻服务台（发布奥运会官方信息，并为注册记者提供采访帮助）。

临近大堂的商业区将提供银行、ATM 自动柜员机、综合商店、邮局、报刊亭、沙发和咖啡厅等设施和服务。其中报刊亭出售国内外主要报纸和杂志。

　　文字记者工作间位于 MPC 的一层中部，内设 980 个工作位，并提供通信和上网服务、有线电视、电视墙和 Info2008 终端。Info2008 终端主要提供赛场最新信息和往届奥运会的相关资料。

　　奥林匹克新闻服务总部邻近文字记者工作间和服务中心。附近还有技术运行中心，提供信息和技术支持。

2. 二层布局

　　二层主要为在 MPC 工作的文字和摄影媒体提供以下服务：新闻发布厅、租用办公空间（室）、收费卡服务台、露天餐饮区、国际奥委会媒体运行和票务办公室。

　　新闻发布区包括一个可容纳 800 个座位的主新闻发布厅、一个 200 个座位的中新闻发布厅和 3 个可容纳 80 人的小新闻发布厅。主新闻发布厅将为国际奥委会和北京奥组委举行的新闻发布会提供同声传译服务。中型和小型新闻发布厅则主要用于举行国家/地区奥委会（NOC）和国际单项体联（IFS）的新闻发布会。

　　MPC 为 120 多家新闻机构、国家/地区奥委会和未来的奥运会组委会提供 10 000 平方米左右的出租空间。每个租赁单元的面积为 25 平方米，租赁价格为 50 000 元。残奥会期间的租用价格待定。

　　二层还有一个室外斜坡，便于新闻机构装卸大件设备。

　　位于二层最东端的露天餐饮区为文字和摄影媒体休息场所。

3. 地下一层布局

　　本层主要提供以下服务：餐饮服务、柯达影像中心/摄影记者工作间、租用办公空间（室）、场馆运行中心、车辆入口、垃圾存储/处理区、装卸/存储区、技术支持中心。

　　主要餐饮服务设施包括一个约为 4000 平方米的国际大餐厅、一个 400 平方米的麦当劳餐厅和一个员工餐厅。

　　地下一层还有一个能容纳 207 个工作位的柯达影像中心/摄影记者工作间。地下一层的租用办公空间供图片机构租用。

　　地下一层还有一个装卸区，便于赛时装卸设备和运送物资。

（二）场馆媒体中心

　　按照国际奥委会《媒体技术手册》的规定，北京奥运会媒体运行工作的一项重要职责是在北京和京外协办城市的共 37 个竞赛场馆，以及奥运村、媒体村和国际奥委会总部饭店这三个非竞赛场馆中，为注册媒体提供统一标准的设施和服务。

场馆媒体中心运行的目标是为注册的文字和摄影记者提供最好的工作环境，以便他们成功报道奥运会。其工作的依据是国际奥委会技术手册的要求和往届奥运会的标准。

通过与国际奥委会的多次商讨，北京奥运会各场馆媒体中心的容量已经确定，并于2006年8月12日得到了国际奥委会的确认。场馆媒体中心的容量的确定遵循了往届奥运会的经验，并综合考虑了各场馆的具体情况和体育项目在中国的发展情况。

场馆媒体中心团队负责北京31个场馆媒体中心运行的运行，并负责协调6个京外协办城市，即青岛（帆船）和香港（马术）以及上海、天津、秦皇岛和沈阳等4个足球比赛城市的媒体运行工作。此外，场馆媒体中心团队还负责3个非竞赛场馆媒体中心的计划和运行工作。

现在，场馆媒体中心运行的筹备工作正在由计划阶段向到场馆化阶段进行转换。场馆媒体中心的工作人员与场馆设计者和业主，以及北京奥组委场馆团队紧密合作，以保证媒体在各场馆中的不同需求得到满足，同时确保媒体设施和服务达到国际奥委会的要求及往届奥运会的惯例。

场馆媒体中心内的媒体相关功能区域将彼此相邻，方便媒体进入工作间、新闻发布厅、混合区、媒体看台席及媒体休息区。

奥运会期间，场馆媒体中心的运行时间将为赛前3小时至赛后3小时。

1. 媒体工作间

在媒体工作间，记者可以编辑整理稿件并从竞赛场馆内直接发送报道。所有场馆媒体中心内的媒体工作间都与媒体看台、混合区、新闻发布厅和休息间等其他媒体设施相邻。

每个工作间配备：配备电源和带数据线端口的付费电话的工作台，收费卡电话可在预定后使用；Info2008终端和指定打印机；紧邻记者工作台、有场馆比赛信号的有线电视监视器；提供出场名单、成绩、即时引语，及赛事前瞻和回顾等比赛信息的成绩公报柜；综合信息服务台和语言服务；北京奥组委技术部提供的技术和通信支持；配有钥匙的储物柜。

2. 媒体看台

各竞赛场馆的媒体看台都紧靠其他媒体设施。媒体看台的位置使媒体可以一览无余地观看到比赛和重要信息，如记分牌，如有可能，还可直接观看到比赛的终点。媒体看台区设有专用入口，与公共区域隔开。

对于高需求赛事，媒体可能需要持票进入比赛场馆。

为满足摄影记者的需要，一个场馆内部磁盘/胶片递送系统将会按规则的时间间隔来运行。

每个媒体看台配备：

1）配备电源、媒体收费卡电话插口和有线电视监视器的带桌媒体坐席。在大多数竞赛场馆内，带桌媒体坐席的大小都是 2 米 × 2 米（包括 3 个座位），但个别场馆的带桌媒体坐席较小，不小于 2 米 × 1.7 米。

2）纸质出场名单、成绩、即时引语以及赛事前瞻和回顾的发送服务。

3）每 3 个座位安放一台有声有线电视监视器，这样可以方便媒体在看台和工作间内听到混合区内的采访和新闻发布会。

4）为报道帆船比赛的文字和摄影记者提供可搭乘 6 人的采访船，共 20 只；为电子新闻采集工作人员提供 9 只类似的船。

在每个竞赛场馆、奥运村和国际奥委会总部饭店内都要设立新闻发布厅，以便媒体采访运动员、教练员和随队官员。新闻发布厅容量与场馆内的媒体工作间和媒体看台的容量相匹配。新闻发布厅设于安静的位置，并紧邻其他媒体设施，以方便媒体活动。

每个新闻发布厅配备：

1）一个设在前面的高起的讲台，并配备桌椅和麦克风，以方便被采访人使用。

2）一个设在后面的高起的平台，为电视转播工作人员和摄影记者提供清晰的视线，而不遮挡文字记者的视线。

3）足够的座位，以满足注册媒体的正常要求。

4）符合转播要求的照明条件。

5）体现奥运会形象的背景。

6）配有固定或无线麦克风的公共广播系统。

7）隔音设计。

8）电源接口。

9）由北京奥组委语言服务提供的翻译服务。

3. 混合区

混合区设在紧邻赛场出口的一个指定区域，方便媒体采访运动员。

混合区内的媒体区将由北京奥林匹克广播公司和北京奥组委媒体运行部共同管理，奥林匹克新闻服务的记者也将在混合区内工作，收集运动员的即时引语。

混合区将由经验丰富的工作人员来进行管理，以保证运动员顺畅自由的行动，并为媒体采访提供最好的条件。

由于混合区内不能直接看到赛场情况，所以将在混合区内安装有线电视监视器，提供赛场信号，方便媒体及时了解比赛情况。鉴于混合区的重要性，北京奥组委尽最大努力确保其位置、规模和运行为注册媒体提供最好的工作条件。

4. 媒体休息区

每个场馆媒体中心都设有一个媒体休息区，为媒体提供一个放松休息的地方。媒体休息区的餐饮服务将根据场馆媒体中心的容量和赛事的不同而有所不同。

媒体休息间内提供的食品和饮料可能会根据奥运会赛时的赛事安排，各个场馆间会有所不同。

媒体休息间配备：

1）桌椅。

2）在一些重要场馆和举办多项赛事的场馆内，将提供 Info2008 系统终端，以方便媒体获取赛事信息并及时了解比赛进程。

3）设立有线电视监视器，帮助媒体及时了解比赛进程。

（三）奥林匹克新闻服务

奥林匹克新闻服务致力于为注册媒体提供全面的奥运会信息服务，包括赛前信息，如运动员简历和历史成绩，以及赛时新闻服务、即时引语以及新闻发布会内容摘要。

奥林匹克新闻服务旨在运用清晰、简洁的语言，为所有奥运会信息系统的使用者提供中立客观的新闻报道素材，这可以使媒体及时获悉奥运会赛事的进展状况，协助他们完成最佳的报道。

根据《奥林匹克宪章》，奥林匹克新闻服务提供的新闻素材不含有任何偏见或喜好，不受外界因素影响。

奥林匹克新闻服务拥有一支有着专业水平的中心编辑团队，这支团队与由 ONS 主管、体育信息专家、体育评论员和记者组成的场馆报道团队密切联络，运用流畅的英文来报道和发布奥运会赛事相关新闻。在 2008 年将有数百名中国国内和国际专业人士和志愿者加入我们的团队。

为帮助注册媒体更全面地报道奥运会，奥林匹克新闻服务将建立一个数据库，涵盖奥林匹克的背景信息、运动员简历、奥运会项目的历史信息等内容。

　　奥运会期间，奥林匹克新闻服务将提供多种报道形式，包括赛事预测、赛事回顾、即时引语和新闻发布会摘要，以及来自竞赛和非竞赛场馆的新闻信息以保证媒体及时获悉奥运会进展情况。

　　奥林匹克新闻服务还负责快速、准确地把打印好的成绩公报和新闻报道发放到主新闻中心和场馆媒体中心的成绩公报柜内。

第五章

和谐总动员——吹响奥林匹克精神的号角

一、和谐单位——齐心协力筹奥运

（一）和谐单位——和谐社会的基础和保证

单位是社会的基本单元和基本组织，是构建社会主义和谐社会的基础和切入点，承担着把社会主义和谐社会大厦的地基夯牢夯实的重任。在实践中积极探索建设和谐单位的途径和方法，对于实现构建社会主义和谐社会的目标具有重要意义和直接作用。

社会是一个复杂的、有机统一的整体。各种社会主体按照生活和劳动的需要，结合成不同的社会组织。作为社会基本组织的单位，是构成社会肌体的细胞。社会的性质、品质、功能及作用，都要通过社会细胞即具体的单位来体现。每一个单位都把构建和谐社会的要求落到实处，每一个细胞都充满和谐的因子，整个社会的和谐就有了基础，社会主义和谐社会建设就有了强力支撑和保证。胡锦涛同志强调，在构建社会主义和谐社会的进程中，各级党委、政府和领导干部要不断提高激发社会创造活力的本领、管理社会事务的本领、协调利益关系的本领、处理人民内部矛盾的本领、开展群众工作的本领、维护社会稳定的本领。这六个本领，是提高构建和谐社会能力的具体体现。每个单位的工作性质和具体情况各不相同，提高建设和谐单位的能力要着眼于本单位实际，创造性地开展工作。建设和谐单位，涉及政治、经济、文化等各个方面，工作千头万绪，需把握共性、强化特色、突出重点、全面推进。建设和谐单位，应着重抓好以下几方面工作：

搞好理论武装，保证和谐单位建设的正确方向。只有沿着正确的方向建设和谐单位，工作才能不陷于迷茫、不失于偏颇、不流于形式。政治上的坚定，源于理论上的清醒。应以正在开展的保持共产党员先进性教育活动为动力，把学习实践"三个代表"重要思想的活动持续深入下去，开展党的基本理论、基本路线、基本纲领、基本经验教育，引导干部职工坚定中国特色社会主义信念。

以科研为中心，提高和谐奥运研究为中央决策服务。保持事业协调健康发展，创造更丰富的产品成果，使单位实力不断增强、群众生活不断改善，这是单位建设的根本。解决单位发展面临的矛盾和问题，包括建设和谐单位面临的矛盾和问题，关键是要靠把单位事业搞上去。

以提高人的素质为核心，以抓好干部队伍为关键，形成和谐的人际环境。人是和谐社会建设的出发点和落脚点，也是建设和谐社会的主体。要大力加强思想道德建设，弘扬以爱国主义为核心的民族精神和以改革创新为核心的时代精神，使干部职工始终保持蓬勃向上、开拓进取的精神状态。建立职工终身教育体系，让职工得到充分的学习机会，不断提高素质，尽好一个成员对单位应尽的义务。同时，抓好干部队伍建设，使党员干部努力做到"三要"：一要牢记宗旨、当好公仆；二要办事公道、不徇私情；三要严于律己、以身作则。党员干部的示范作用发挥好了，就能有效地带动单位的每个成员各尽其能、各得其所而又和谐相处。

着眼长远建设，健全单位内部各项运行机制。建设和谐单位是一项长期任务，必须建立长效机制。应根据新形势新任务的要求，按照和谐单位的建设目标，对原有的规章制度进行修订、健全、完善，创建职能明确、行为规范、运转协调、科学高效的和谐单位制度保障体系。进一步强化科研管理机制，加强对重大科研课题的确定、研究、管理、评价和应用，提高科研成果的社会影响力和对实际工作的贡献率；进一步健全各项工作机制，疏通意见建议反映渠道，尊重职工群众的首创精神，发挥职工群众的聪明才智；进一步健全化解矛盾、解决问题的处置机制，积极寻求协调和解决内部矛盾的新方法；进一步改进服务机制，完善服务设施，拓宽服务领域，提高服务质量，实现多层次、全方位系列服务；进一步健全中心、部门、直属单位党建工作协调机制，组织动员中心所有力量，共同推进和谐单位建设。

（二）喜迎奥运促发展　真情善待农民工

随着"新北京、新奥运"战略构想的实施，北京的城市建设进入高速发展轨道。北京市政集团抓住历史机遇，落实科学发展观的要求，实现了经营规模的连年增长，2005年首次突破100亿元大关。同时农民工的使用量也达到近3万人高峰，大大超出自有职工的数量。面对近年来企业用工形式、人员结构发生的重大变化，北京市政集团从构建和谐社会首善之区的大目标出发，按照以人为本的方针，进一步规范劳务分包企业及队伍管理；切实改善外施人员的工作、生活环境；成立工会联合会，维护农民工的合法权益；开展各类文化活动，促进了外来劳务队伍文明素质的提高，共同构建和谐企业。

1. 严格履约、确保民工工资发放到位

集团劳务管理中心是劳务用工的主管部门，对下实行施工公司、项目部两级管理，施工项目部务工300人以上设一名专职劳务管理员，建立项目劳务管理档案，负责对务工人员进行实名制管理，150名专职劳务管理员均取得北京市建委的上岗证书，持证上岗管理，这样的组织结构保证了管理的覆盖面。

集团通过严格规范的劳务招标程序，选择资质相符和作业素质高的劳务队伍，平均每年在近100家劳务分包企业中，精选300支左右有实力、有经验、管理能力强、相对稳定的外施队伍。中标价位的确定以市场为参照，评标选择标的额合理的队伍，避免低价中标造成恶性竞争，最终价款结算时讨价还价现象的发生。

市政集团制定了《劳务分包管理、民工工资支付管理办法》，严格按照劳务分包合同的规定权利义务，按照劳务分包合同足额将劳务费统一支付给劳务分包企业，同时将劳务企业履约能力，作为该企业参加市政集团劳务市场的准入条件。集团不少施工企业采取与劳务分包企业签订《民工工资发放保证书》的形式。发放前，由劳资、纪检等部门签认外包工劳务费结算表，以该外包单位发生的劳务费，计算出人工工资数额，作为日后核对的资料；发放后，劳资部门收回民工工资发放表（复印件），将领取人员与注册人员名单进行核对，并到民工队伍中暗访确保工资足额发放到民工本人手里。

通过建立长效机制，农民工工资发放不再是"老大难"问题，近年来未发生拖欠现象。春节临近，北京市政集团所属各施工企业正在全力落实《北京市建筑施工企业劳动用工和工资支付管理暂行规定》，集团对所属二级单位所使用的劳务分包企业工资支付情况进行检查监督，规范劳务分包劳务费的结付和农民工工资的支付方式，确保在2006年1月10日前将工资发到民工手中。

2. 热情关心提升民工生活质量

市政集团从保护民工身体健康和外施队长远发展的角度，要求外施企业在改善民工生活条件上加大投入。同时开展"文明四区"建设，通过卫生竞赛文体活动等方式培养民工健康文明的生活方式。集团绝大多数外施队配备了电视机和羽毛球、跳绳、象棋等设施，工人们在工余时间相邀娱乐，既调整了情绪又增进了感情。市政工程管理处在其管辖的57支外施队中进行甲A、甲B生活区评比

验收活动。各劳务队积极响应，粉刷墙壁、添置新用具，有条件的企业还建起了工人之家，购置了体育器械，每天工余时间，"家里"总能听到欢声笑语，有踢毽的、有打乒乓球的、还有在跑步机上锻炼的，强身健体，其乐融融。为了让远离家乡的民工有一个清洁舒适的生活环境，各项目部为每个民工居住点安装了淋浴器、增加了漱洗设施和洗衣机。

市政集团工会的"贴心人服务队"不定期到施工现场，义务为民工理发、洗衣、照相、医疗咨询；开通亲情电话密切他们与家人的联系；春节中秋节等传统节日，都要为外施队送去猪肉、水果，与他们共度佳节。

3. 丰富生活、提高民工文明素质

2005 年，是市政集团面向外施企业开展精神文明创建活动最多的一年。先后组织 1000 名民工观看专业文艺团体演出；3 位民工歌手参加建筑工人卡拉 OK 大赛，自信地登上舞台；在"科普进工地"活动中，数百名地铁建设者通过知识展览、科教电影、医疗咨询等活动，感受到社会各界对他们的关爱；在北京市建委、国资委举办的"来京建设者'与国企发展同行，与首都文明同行'"征文演讲比赛中，来自河北承德的付长彪以其在市政集团的成长经历为题，夺得征文、演讲两个一等奖。付长彪是市政集团历史上第一个在外来务工人员中评选的市级劳模，集团召开外来务工人员专场报告会并刻成光盘，用付长彪的事迹感召更多的民工崇尚先进，提升精神追求。此外，集团每年以召开劳务管理工作总结表彰大会的形式，为优秀外施队、劳务管理信誉良好单位和优秀外来务工人员"披红戴花"，予以嘉奖。同时对不良信誉劳务队提出通报批评，督促整改；对发生拖欠民工工资和因管理不善导致安全、质量事故的劳务队记入"黑名单"，从此不得在北京市政集团从事劳务分包工程。

二、和谐社区——迎奥运，讲文明，树新风

（一）和谐社区的内涵

"社区"这一概念由德国社会学家滕尼斯（Ferdinand Tönnies，1855～1936）于 1887 年在其著作 Community and Society 中首先提出来的。社区的英文单词是 Community，兼有公社、团体、公众以及共同体、共同性等多种含义。中文"社区"一词是 20 世纪 30 年代初燕京大学社会学系的学生根据滕尼斯的原意而首创，并沿用至今。中外学者对社区的定义很多，众说纷纭。参照已有研究成果，结合我国具体情况，我们对社区的定义是：所谓社区，是以一定区域为基础，由

相互联系、共同交往，具有共同利益的人群和社会组织所构成的一个社会实体。社区和社会之间存在什么样的关系呢？首先，社区是社会的缩影，"在一个特殊社区之内，社会生活的各个方面都密切的相互关联而成一个整体"。社会中各种复杂的关系和种种问题都会通过社区反映出来。其次，社区是社会的细胞，是社会发展和稳定的基础，在社会进步和现代化建设中具有十分重要的地位和作用。许多国家社区发展的实践证明，社区发展对于推动国家经济与社会的协调发展，加快国家政治的民主化进程，提高居民的生活质量和社会的管理水平，都有着十分广泛的现实意义。最后，社区和社会密切相关。滕尼斯认为，社区和社会都不是以纯粹的形式而存在，二者间相互渗透。他认为，在文化发展过程中有两个对立着的时代——"社区"和"社会"时代，而社区必将向社会发展，这是必然趋势。

社区是社会的细胞，和谐社会的构建要以社区为基础和重要切入点。但什么才是和谐社区的标准？目前还没有专家或政府部门明确提出。"和谐社会就是全体人民各尽其能、各得其所而又和谐相处的社会，用社会学的术语来表达就是良性运行和协调发展的社会"。一般认为，和谐社区应具备以下特点：第一，和谐社区是与自然和谐的社区。提倡"尊重自然、爱护环境"的生活观念是和谐社区的第一标准。在社区内建设环保社区，在社区外积极参与有益社会的环保活动，人与自然和谐相处。第二，和谐社区是维持社会诚信的社区。诚实信用是和谐社会的基本要求，在社区组织中建设社区诚信体系，然后推广到社会层面，以社区的诚信和谐带动社会的诚信和谐。第三，和谐社区是有社会责任感的社区。社区既不是行政机制，也不是市场机制，社区组织的原则应该是以人为本、互助互利、民主自治、安居乐业。完善社区组织，让公民、社区组织以主体姿态，以自助、自治的方式组织起来，参与社区管理，参与社区矛盾的解决，给弱势群体以关怀，培养社区归属感。第四，和谐社区是具备较高道德文明风范的社区。"知礼"能营造良好的人际环境，在生活中传承中华民族的优良品德，理解和尊重不同个性，尊老爱幼、维护公德、扶贫济困；在生活的点点滴滴之中弘扬中华民族优秀的道德文化，展示文明古国礼仪之邦的深刻内涵。总之，实现"老有所乐、中有所为、少有所学"将是和谐社区的最终体现。

针对当前北京市社区建设存在的一些问题，我们应从以下几个方面做好构建和谐社区的工作：

1）要坚持科学发展观，完善社区工作体系。处理好街道办事处、政府职能部门与社区居委会的关系。调整转变街道办事处、各政府职能部门的职能，科学合理地调整居委会规模，合理调整划定社区，改变现有居委会规模过小，资源少，功能弱，居民归属感不强的现状，以便更好地为居民服务，为社区居委会解决相关问题。建设一个在社区党支部的领导下，社区居民代表会议、社区委员会和社区工作者紧密配合的新型城市社区居民自治组织。通过四个重要的社区组织的互相配合、互相促进，形成科学、完善的社区工作组织体系。一方面，要改变政府对资源分配的绝对控制；另一方面要下放权力，逐步弱化政府对社区的直接控制和干预，适当从社区退出，培育社区居民自治的土壤。同时，重视中介组织的培育，把社区中的一些公益性事务转由中介组织或公益性服务组织承担，从而使居民委员会卸下"重负"，淡化行政色彩充分发挥自治功能。

2）强化民主法制建设，切实保障社区居民自治。首先，要完善群众参与机制，保证社区居民依法行使选举权、知情权、参与权和监督权。通过基层民主选举、民主议事、民主监督，让居民了解社区、关心社区、参与到社区当中来。加强与社区居民的交流与沟通，赢得居民群众的理解与支持，激发广大居民参与社区建设的责任感和积极性，提高社区的民主自治水平。加强政府行政管理、社区自主管理和物业管理的协调统一，更好地发动社区成员参与社区活动，形成社区的文化合力，培养居民的认同感和归属感，营造一个舒适、便利、优美、安全、和谐的社区环境。其次，要逐步健全系统、配套的法律和制度体系，使社区居民自治步入法制化轨道。国家要尽快完善与社区自治、社区保障、社区服务相关的一系列法律，基层要加强法制宣传和学习，强化法治意识。要依照《居委会组织法》，依法办事。通过民主选举产生居委会领导班子。坚持定期召开居民代表大会，加强与社区居民的交流与沟通，做好居委会制度建设工作，使社区建设有法可依、有章可循。建立责权明确、协调配合、互相制约、管理到位的新型社区管理体制。

3）要坚持党的领导，加强社区党建工作。加强社区党组织与广大党员的紧密联系，积极开展党员先进性教育工作，发挥社区党组织和党员服务群众、凝聚人心的作用。努力达到"领导班子好、党员干部队伍好、工作机制好、工作业绩好、群众反映好"的"五好"目标。要创新基层党组织设置的思路，适时在社区新经济组织和新社会组织中建立党组织，暂时不具备条件的，要把这些组织中的党员纳入社区党组织的教育管理范围，努力实现辖区党员教育管理的全覆盖。要进一步加强社区党组织的思想、作风建设，保证党的路线、方针、政策在社区得以贯彻执行。同时，要以社区为平台，以服务居民为宗旨，进一步健全社区党建联席会议制度，搞好共驻共建。

4）努力构建良好的社区教育体系和生活环境体系。加强精神文明建设，满足居民群众不同层次的精神生活需求。广泛开展学习型楼院、学习型家庭、学习型个人评选活动，引导社区成员在学习中增长知识，提高素质，树立良好的道德风尚。要坚持继承和创新相结合的原则发展中华民族传统文化，组织开展丰富多彩的文化艺术、全民健身、科普教育活动，对居民进行爱国主义、集体主义、法律法规、职业道德、社会公德和家庭美德教育以及诚信教育，逐步建立良好的社区教育体系，培育各具特色的社区文化、社区理念和社区精神，激发社区成员的积极性和创造力。通过开展创建文明城市优化、美化、亮化、绿化社区环境等活动，教育社区成员做好环境保护、楼院保洁工作，爱护自己的家园，形成常年见绿春色满园的优美环境。深入开展爱国卫生运动，加强对各类传染病的防治宣传，提高健康水平。同时完善城市配套设施建立长效管理机制，坚持以人为本，努力营造和谐优美的人居环境，提高社区居民的生活质量。

5）选拔一批素质较高的人员充实到社区干部队伍中去。通过选聘一批年轻化、专业化、组织协调能力强、有良好人际沟通能力和热心于社区建设的高素质人才，来充实社区干部队伍。坚持公开、公正、平等、合理的原则，创新人才激励机制。各级政府要加强对于社区建设的理论和政策指导。创新理论和政策，以指导实践，推动构建和谐社区的伟大工程快速前进。

（二）全民健身迎奥运　创建和谐新社区

对于国家，奥运意味着实力、政治以及经济的繁荣。对于普通人，奥运，更像是一个梦幻，或一场意犹未尽的电影，我们更多扮演的是观众的角色。奥运选手们为国家、荣誉和尊严而战，我们为他们喝彩、欢呼，为每一次场上升起的五星红旗而激动。但，一个国家在体育上的真正强盛，并不仅仅以在奥运会上获得的奖牌数量来决定，而体育也不应仅仅局限于竞技体育的范畴。奥运最基本的精神就是参与的精神，因此，全民健身与奥运同行活动期待我们每一个普通人，每一个站在体育比赛的场边摇旗呐喊的观众，都能借2008年北京奥运会的契机，走入到健身的行列中来，享受运动带来的健康和快乐。

2007年5月19日上午，一场"迎奥运全民健身运动会"在市级先进民办校——北京市二十一世纪实验学校体育场隆重举行。北京奥组委新闻宣传处处长张成刚、北京市奥运教育办公室主任耿申、海淀区教工委副书记乔键、奥运冠军李菊、李娜以及首都多家媒体的记者出席了活动。来自锡华教育集团的教职员工、北京市海淀区八里庄街道的社区干部、居民和驻区单位代表，共计1000余人联手同行、欢聚在一起，向全社会公开发布"迎奥运　讲文明　树新风"承诺书，参与了形式多样、充满趣味的健身运动项目，以实际行动响应、落实《全面健身计划纲要》和《北京市全民健身条例》，表达着对2008年奥运的企盼之情与美好祝愿。

随着初高中学生组成的旗队，48名女大学生组成的花队，不同单位、不同行业、不同社区的代表组成的 8 支队伍依次入场，拉开了运动会的帷幕。在开幕式上，海淀区政协委员、锡华教育集团执行董事、北京市二十一世纪实验幼儿园总园长朱敏女士致开幕词，到会领导为各代表队授予了"迎接奥运，教育先行"志愿者大旗。4 名来自锡华教育集团和八里庄街道的志愿者，代表街道全体社区干部、居民和驻区单位，代表锡华教育各院校的全体教职员工庄严承诺："推广奥运理念，立足岗位普及奥运知识；……践行公共文明，维护文明有序社会风尚；……校园社区携手，构建和谐邻里和谐社会……从今天开始，每一位教师将引导一班学生，每一位居民将影响一个家庭，你我同心，搭建奥运成功的阶梯；师生协力，夯实'绿色奥运、科技奥运、人文奥运'的基础。让和谐的校园、和谐的社区为海淀增光、为北京添彩！"八里庄街道办事处工委书记甄蕾在讲话中指出，今年是北京奥运的预热年，在全面实施"新北京、新奥运、新跨越、新海淀"战略构想的大背景下，锡华教育集团所属院校与八里庄街道社区联合在一起，响应北京市关于"开放校园体育设施，面向社区服务"的号召，共同举办这样的活动具有非常积极的现实意义。

精彩的太极拳团体操和韵律健身团体操表演之后，在奥运冠军李菊、李娜带领下，各代表队 20 名队员组成的队伍开始了运动会第一个项目——"百人长跑"。

运动会设有 11 个单人健身项目和 3 个集体项目，共计 600 余名不同年龄段的运动员参加了比赛。他们当中有 70 多岁高龄的老者，也有驻区的解放军和武警指战员、公安干警，有幼儿教师、中小学教师，也有高等院校的教职工。在形式多样、充满趣味的健身项目竞赛中，校园与社区结合，人民教师和居民联手，构成了一幅全民健身迎奥运的和谐画卷。

在运动会期间，北京光彩教育基金会特地在现场设立了募捐箱。号召到场人员"你我奉献一片爱心，就是为教育公益事业添砖加瓦；大家踊跃捐款，就能资助更多的贫困学生通过教育改变命运、创造未来"，并将当天募捐的善款定向资助贫困家庭的中小学生，以及北京高校的特困大学生。

八里庄街道北里社区也将 2007 年 4 月 21 日启动的"迎奥运，万人签字传递活动"百米万人签名长卷带到了现场。到场人员纷纷在长卷上签下姓名（图 5.1），表达构建和谐校园、和谐社区、和谐社会，迎接 2008 年北京奥运会的美好心愿。

本次盛会深入推动了全民健身运动的开展，充分展示了北京市民的风采，体现了首都教育工作者的精神风貌。在锡华教

图 5.1 迎奥运万人签字传递活动

育集团各院校、八里庄街道地区掀起了"迎奥运 讲文明 树新风"活动的新高潮。

（三）周末社区大讲堂

图 5.2 于丹在"周末社区大讲堂"上

"在这样一个阳光灿烂的秋日，树叶的色彩和光影在指间跳跃，我们能不享受生活吗？今天就让我们来分享《论语》里朴素、温暖的生活态度……"于丹（图 5.2）的话音未落，就迎来了 500 余名社区居民热烈的掌声。

这是 2007 年 10 月 14 日北京"周末社区大讲堂"在昌平区举办时真实而普通的一幕。从今年 4 月开始，由北京市委宣传部、北京市社科联共同主办的"周末社区大讲堂"，把名家大家从学院书斋请到社区，给老百姓讲解历史、哲学、文学、礼仪等社科知识。至今大讲堂已举办讲座 320 余场，8 万多名群众聆听受益。

在这个特殊的讲堂里，有祖孙三代同堂求学的，有婆媳姑嫂一起做笔记的，有街坊邻里会心一笑尽释前嫌的。在这个普通的讲堂上，讲课的有中医大家张国玺，清史学者阎崇年，民俗专家崔普权以及北大、清华的知名教授……

"北京周末社区大讲堂"把奥运知识、人文思想、科学方法和文明新风送进社区，对于推进"迎奥运、讲文明、树新风——我参与、我奉献、我快乐"活动向纵深发展、弘扬"人文奥运"的理念、提升市民的文明素质、改善城市形象，为北京举办奥运会营造良好的人文环境、建设和谐社区、和谐村镇，都具有重要的意义和深远的影响。

1. 把文化的根"种"到社区

北京市社会科学界联合会常务副主席宋贵伦说，举办"以人为本、传承文明、构建和谐、迎接奥运"为主题的社区大讲堂，初衷就是要把社会科学知识的根"种"到基层去，丰富社区文化生活，为培育人文精神、建设和谐文化进行有益探索。

"开始时我们也有顾虑。"北京市委宣传部理论处处长崔新建说，因为类似的讲座以前举办过，许多讲座听众不多，专家的积极性也不高。为使大讲堂"一炮打响"，主办单位采取互动、点题方式，把讲课专家的名单和主题列出来，发放到基层社区，由居民选题目、选场地、选时间。专家在讲课中，努力做到联系实际，让老百姓觉得有用，能从中受到启发。

讲座一开始就场场爆满，出现了老百姓点题与专家互动的良好局面。10 月 21 日上午，"周末社区大讲堂"2007 年度最后一讲在海淀区西三旗街道办事处举行，由北京满学会会长阎崇年（图 5.3）讲解《康熙盛世》。不大的报告厅被 200 多人挤得满满的，某居民说："我们 6 月就想请阎老师来讲课了，可邀请他的社区太多，今天才轮到，阎老师讲清朝的历史故事，我们这些老北京真是很爱听。"

目前，"周末社区大讲堂"已经形成一种机制。考虑到天气原因，大讲堂每年从 4 月开始持续到 10 月底。崔新建说，每个月社科联都会提出 100 个专家名单和题目，由社区挑选后，每个月 25 日通过新闻媒体发布。

图 5.3　阎崇年

2. 多方受益共建和谐

"以前周末，睡觉、打牌、看电视，实在有些无聊，听了两次社区大讲堂，我在这里学会了心灵旅行，学习了人生百科，周末不再荒废了。"38 岁的周新知告诉记者。

在宋贵伦看来，举办"周末社区大讲堂"是一举三得。

首先是老百姓受益。翻看专家的讲课目录，记者发现讲座内容非常实用：《中医养生长寿》、《职场减压，建立与同事的和谐关系》、《怎样提高孩子的学习成绩》、《汉语让中国人自豪》、《北京的胡同文化》等都很贴近百姓生活。家住望京的樊郦告诉记者："大讲堂把学者请到了我们身边，共同探讨老百姓感兴趣的话题，弥补了现代人没有时间读书、思考的缺憾，感觉很解渴。"专家学者用他们的知识成果服务了社会。阎崇年说，我从来没想到有这么多老百姓对清代的历史感兴趣。以前我的学术成果就是出几本专著，发行量不大，仅限于专业人士，受益的人不多。来给老百姓讲课，得到他们的认可，也是我学术成果的一种转化，而且是更有影响力的转化。

北京师范大学教授韩兆琦说，以前我们只管坐在书斋里做学问，不管外界是否接受，这对于社会科学工作者来说是致命的。大讲堂建立起我们与群众、与生活的血肉联系，同听众交流会引导我们思考社会的现实问题，也可检验我们书斋里的研究成果。

宋贵伦说，北京市社科联有 111 个协（学）会，10 余万名专家学者，每年一次的社会科学普及周显然不能有效利用这一优厚资源，社区大讲堂既为老百姓服务了，也盘活了高校科研院所丰富、优质的人才资源，几方都受益。

同时，也普及了社科知识，促进了社会和谐。宋贵伦说："社科联、各区县宣传部门依托'周末社区大讲堂'这个平台，把高雅、高深的知识大众化，老百姓学会科学思考和文明健康的方式方法，生活质量就会提高，价值观就会潜移默化地改变，社会就和谐了，这就是文化的力量。"

3. 社科知识普及新模式

国家行政学院公共行政教研部主任竹立家教授说，"周末社区大讲堂"拉近了书斋与社会的距离，"大众、大家、大学"在这里找到了最佳结合方式，大讲堂创新了社科知识普及的模式，已经成为首都培育人文精神、建设和谐文化的重要阵地。

专家指出，北京"周末社区大讲堂"的模式有 4 个特点：一是真正打破讲堂设在学校和图书馆的限制，强调进入社区，服务百姓；二是互动选择，百姓点题，讲群众所需、讲群众关心的热点话题；三是内容具体实用，形式多样，讲座主题设置在市民"解渴"和"管用"上下工夫；四是大讲堂与社会科学普及周、社科竞赛结合起来，形成了一个链条和相对完整的文化系统。

生动活泼的讲课形式也是大讲堂深受欢迎的重要原因。民俗专家崔普权在讲授《北京的餐桌文明与就餐礼仪》时，连说带唱，既有讲解又有演示，让大家在笑声中明白了餐桌文明和就餐礼仪。在房山区良乡影剧院，王旭晓教授《人的形象与人的魅力》讲座结束后，还增加了一场诗歌朗诵会。现场 500 多名听众普遍反映，把社科讲座与以人文为主题的文艺表演相结合，大大增加了课堂的吸引力。

宋贵伦说："这些只是初步的探索，下一步我们还打算把戏曲、电影等艺术形式引入大讲堂。同时，社科联每年会把被老百姓点题最多的专家、讲课最多的主题进行排名，对优秀者给予奖励，排名结果还将与专家们的学术成果考核挂钩。"

崔新建说，"周末社区大讲堂"明年还将继续举办，主办方将寻找更多年轻专家，选择群众关心的新话题。

三、和谐校园——开展奥林匹克教育

（一）奥林匹克文化的教育价值

奥林匹克运动是人类社会为了实现某种理想在一定的哲学思想指导下进行的社会运动。《奥林匹克宪章》指出："奥林匹克主义是增强体质、意志和精神并使之全面发展的一种生活哲学，奥林匹克主义谋求把体育运动与文化和教育融合起来，创造一种在努力中求欢乐、发挥良好榜样的教育价值并尊重基本公德原则为基础的生活方式"。"奥林匹克的宗旨是，通过没有任何歧视，且有奥林匹克精神——以友谊、团结和公平的精神互相了解的体育活动教育青年，从而为建立一个和平的更加美好的世界做出贡献"。

奥林匹克始终把教育作为己任，并将永远追寻这一理想，自顾拜旦恢复现代奥林匹克运动开始，就认为恢复奥林匹克运动的真正目的是通过体育来进行教育。在顾拜旦看来，古希腊人组织竞赛活动，不是为了锻炼体格和显示一种廉价的壮观场面，而是为了教育人。从这一思想出发，他复兴奥运会的基本目的不是以奥林匹克运动去推行竞技运动，而是把竞技运动纳入教育，把体育纳入一般教育，进而把一般教育纳入人类文化和生活过程之中。教育一直是奥林匹克生存与发展的生命线，始终驱动着奥林匹克运动的发展，奥林匹克运动竭力追求的是一个努力使人和整个世界趋向完善的崇高理想。奥林匹克运动作为展现人性的载体，为人们创造了自由、平等、竞争的良好环境，这种环境和氛围的价值取向就是对世人实施博大的教育。正如国际奥委会主席罗格任职宣言中表述的那样：奥林匹克运动独有的力量在于它在一代代年轻人中间传播一个梦想，奥林匹克冠军对他们产生无穷的榜样力量，参加奥运会梦想把青年们引导到体育世界，而体育作为一个教育工具将使他们获益良多，体育有利于他们身体和心灵的发展，体育还让他们证明自己，并获得快乐、骄傲和健康，国际奥委会的职责就是"让这个梦想永存"！

当 2004 年五星红旗 32 次在雅典奥运会上升起时，中华民族再次成为全世界瞩目的焦点，中华民族的力量不容小觑。从昔日的"东亚病夫"到今天公认的体育强国，这种质的飞跃，是我们民族敢于竞争，敢于挑战，不断超越自我，超越对手的结果，是奥林匹克精神中坚忍不拔，顽强拼搏精神的体现，也是奥林匹克格言"更快、更高、更强"的经典表现。奥林匹克作为人类创造的最为灿烂的竞技文化，在大学校园内推广和传承，具有非同寻常的意义。一个没有文化的校园是可悲的，一个没有奥林匹克精神的校园是沉寂的、缺乏活力的。在体育运动中，我们学会了服从裁判、遵守规则，学会了尊重他人，和睦相处，把握正常的人际关系的良好素质。建设和谐、平等的校园，传承社会需要的奥林匹克精神。奥林匹克精神促进着人的相互了解，维护着世界的和平，这对青年的教育有着重要的意义。它构建了现代社会所特有的体育文化景观，以其独特的文化魅力愉悦人们的身心，更以其强烈的人文精神催人奋进生生不息。直视奥运的平台，除了看到斗志昂扬的选手，我们更能看到的是那股坚强不息、勇往直前、追求公平公正的毅力，这毅力同样也促进着人类社会向真善美全面的发展。在学校教育中不断发掘奥林匹克文化中的丰富内涵，有助于锻炼学生的性格，培养他们的道德，使之成为独立、自由、均衡、意志坚强的人，进而通过他们探索新的领域，改造和建设社会具有极大的启发意义。

（二）高校——传承奥林匹克文化的主阵地

2002 年 8 月 24 日，国际奥委会在德国威斯巴登市举行了"寓教于体"世界论坛，重点讨论体育对青少年教育影响的主题，并正式决定 2003 年为"奥林匹克文化与教育年"。在现代教育与奥林匹克全球化的社会背景下，奥林匹克文化的传播与中国学校体育的发展逐渐呈现出互动与交融的态势。

大学生是我国知识分子群体中的一个特殊部分，具有年轻、充满朝气、思维活跃、接受新鲜事物快、适应信息时代能力强的特点，因此，应让他们首先认识到奥林匹克运动的内涵作用，接受系统的奥林匹克思想，使奥林匹克知识的教育成为这个群体生活的重要内容，是高校的重要任务之一。2008 年北京奥运会即将到来，在这个时候讨论这一问题，意义巨大。

1. 奥林匹克运动已经从简单的竞技运动上升为一种文化行为

奥林匹克运动会，是当今世界最具伟大的社会影响力的体育盛会之一。"奥运"已经远不是简单的体育场上的搏杀和竞赛，"而是一种将身体、精神与意志和谐统一在一起的人生哲学"（萨马兰奇语）。

2008 年的北京奥运会，已高扬起"人文奥运"的旗帜，它体现了最深切的人文关怀精神，它意味着北京奥运会是以人为本的奥运会，是东西方文化交融的奥运会，是体育与教育结合的奥运会。它将有助中国传统文化和世界文化进行广泛深入的交流，推动奥林匹克运动中、西方文化的互补和互动。使奥林匹克运动真正成为跨文化、跨民族、跨国度的世界性文化体系。同时，2008 年北京奥运会也将为中国文化与世界文化接轨提供重要契机。奥林匹克运动之所以长盛不衰，其重要原因之一就是它在发展过程中逐渐形成了以奥林匹克主义为核心的思想体系，使奥林匹克运动有了一个比较坚实的思想基础。奥林匹克主义的中心思想是人的和谐发展，旨在创造一种使人全面发展的"生活方式"，它将体育运动作为实现人和谐发展的途径，还指出为达到人和谐发展的目的体育运动必须和教育融为一体、与文化紧密结合，正如国际奥委会委员何振梁所说："奥林匹克主义就是体育加上文化和教育"。

2. 高校体育传承奥林匹克文化的必要性

（1）高校是青年精英聚集的场所，他们渴望文化素养的全面提高

随着政治、经济的发展，大学对社会的影响也越来越大。在迈向知识经济社会的今天，大学已逐渐由社会的边缘走向了社会的中心，面向世界的开放程度不断提高，当今生活条件的改善，社会对知识的渴望和需求日益增长大学生对包括奥运知识在内的各种知识的需要，与他们对运动和健康一样，正变得越来越迫切和强烈。对奥林匹克运动也表现出了很高的热情。高校作为育人基地和舆论阵地，连接体育和教育的社会机构之一，负有知识创新和知识传播的责任，也兼有发展体育和传播体育价值的任务。为奥林匹克运动服务，已成为高校服务社会的一种直接的有意义的形式。特别是在现代社会中，以体育为载体的奥林匹克运动所倡导的顽强拼搏精神、公平竞争精神、团结协作精神和爱国主义精神等对青年人的健康成长是其他形式的活动所不能替代的。学校体育作为学校教育的有机组成部分，肩负着继承和传播人类优秀的体育文化的重任，学校如果把奥林匹克文化作为课堂教学和研究的主要内容来影响大学生，必将引领大学生追随奥林匹克圣火，不断挑战极限、超越自我，以顽强拼搏的精神发奋学习，刻苦攻关，从而形成更加完善的自我。奥林匹克运动不仅是一种竞技过程，也是一种教育的过程，而学校体育是对青年进行全面发展教育的重要组成部分，"以健康为理念、以人为本、注重人的可持续发展"将是 21 世纪体育教育改革的重点。奥林匹克主义的核心即人的全面发展，包括身体、意志、精神等各方面的协调发展，它与高校体育有着共同的发展理念——"以人为本"，注重人的可持续发展。奥林匹克运动不仅只是单纯的对比赛胜负结果的追求，更重要的是通过体育活动增强体质、培养意志品质；通过体育和文化教育的结合，使人的身体素质、道德精神获得和谐发展和提高，特别是使青年获得身心的和谐发展，而这也正是教育的根本目的。

（2）传承奥林匹克文化是高校文化延展的需要

奥林匹克是人类创造的最为灿烂的竞技文化、体育文化和生活文化，世界上任何一个大学都不应对这种文化熟视无睹。随着素质教育的逐步推行及传播手段的日益丰富，传统意义上的体育必将受到强烈撞击，高校体育也需要有更深刻的

文化内涵、更深厚的文化氛围来充实。学校体育的发展离不开现代奥林匹克丰富的运动教育素材，现代奥林匹克文化的介入，对我国学校体育改革的理念、内容、方法等都将注入新的生机与活力。融合教育与文化观念的现代奥林匹克运动，将为中国传统学校体育文化的自我更新提供一个崭新的发展平台。奥林匹克思想的传播与大学教育相互联系、相辅相成，从而构成一个整体。传播奥林匹克思想有利于高校体育教育的国际化、社会化，从而营造出文明、健康、高品位的校园文化氛围。

（3）传承奥林匹克文化是展示国家、民族强盛的需要

围绕 2008 年北京奥运，将是我们在青少年中宣传奥林匹克思想和精神，普及发展奥林匹克运动的大好时机，更能体现奥运会的全球性、广泛性和参与性。高校体育教育应以北京奥运会为契机，进行一系列的国际主义、爱国主义、集体主义和为国争光的宣传教育工作，这一切都将有利于激发大学生的国际主义和爱国主义热情。充分调动大学生在奥运精神鼓舞下积极学习，立志成才的积极性，形成和睦团结、和谐驱动的人际关系和遵守社会公德，主动维护社会稳定的良好社会风气。

历史证明，一个国家要强盛，要自立于世界民族之林，就必须吸收世界上一切先进的思想、文化和科学技术。奥林匹克运动是近代以来人类文明发展的一个伟大成果，历经百年沧桑的现代奥运会在拥有世界五分之一人口的中国举办，将使奥林匹克精神得到更广泛的传播。北京作为首都，代表中国申办奥运会能够更全面地反映我国政治经济文化各个方面的发展水平和发展趋势，能更充分地向世界展示我国的形象，社会稳定、经济繁荣、综合国力大大增强，同时还树立了北京文明、开放、发展的现代化国际大都市的形象。

3. 高校体育传承奥林匹克运动文化的可行性

大学的使命之一是文化的传承。奥林匹克运动作为人类的一种精神财富，是一种社会文化现象，同时也是一种特殊的教育形式，在高校体育中传承不仅是为奥林匹克运动的传播开辟新的阵地，同时也为高校体育注入了多元的思想文化因素，这事实上是一种双赢的局面。传播奥林匹克文化恰恰有利于高校体育教育国际化、社会化发展，是奥林匹克运动的一条可行之路，有效之路、希望之路。

奥林匹克运动与学校体育有着天生的亲和关系，普通高校都有两年的公共体育必修课，我们可充分利用这一传承奥林匹克运动的前沿阵地对奥林匹克文化进行传播，将奥林匹克的文化与体育课有机地结合起来，全面贯穿于体育课中。我们可将《奥林匹克运动》课程作为高校公共体育课理论部分的补充，也可将其作为高校公共体育选修课进行开设，这些都是切实可行的。在高校各种形式的竞

赛活动，也是传播奥林匹克文化最集中、最有效、最可行的途径。以这些活动为主线，引导大学生积极参与到奥林匹克运动中来，通过广泛开展的高校体育活动不但可以有效地增强体质、促进健康，还可以磨炼人的意志、升华人对自身的认识。在比赛中勇敢顽强、奋力拼搏、使人获得坚强的毅力和积极向上的精神。"参与比取胜更重要"的参与精神；"更快、更高、更强"的著名格言激励学生在学校体育活动中不断克服困难、战胜自我，向新的人生高度挺进；互相了解、友谊、团结、公平竞争的奥林匹克精神要求青年在体育中表现出良好的行为规范，养成遵纪守法的社会公德；在竞赛的规则约束中，青年潜移默化地懂得了遵守规则、公平竞争的意义。除此以外还为广大青年学生提供了学习的榜样，学习模仿奥运赛场的体坛精英不畏强手、不畏艰难、一拼到底、胜不骄败不馁的道德风貌，成为激励广大青年的巨大精神力量。在无数次比赛成功的背后离不开队友之间默契的配合、相互的支持鼓励，离不开教练员的悉心指导、离不开更多的幕后英雄的支持，这些都有利于培养学生的集体主义精神和团队精神，也真正让大学生在参与竞赛活动同时感受体验并领略奥林匹克运动的价值。

　　除此以外，以北京 2008 年奥运为契机，充分利用校园网络广泛开展奥林匹克运动文化的宣传和教育。比如，制作"奥运专题网站"为大学生提供广泛的体育知识接触点。并以学生社团为主体，充分利用每年 6 月 23 日的奥林匹克日全面贯彻落实"绿色奥运、科技奥运、人文奥运"三大理念和"同一个世界、同一个梦想"的主题。组建"奥运文化长廊"积极组织学生开展奥运知识讲座、竞赛、演讲等活动，让学生平等参与、增强奥运意识，积极传播现代奥林匹克精神，在校园文化中营造良好的奥运氛围，这些都是传承奥林匹克文化的可行途径之一。

　　2008 年北京奥运会的举办，将会极大地推动中国高等体育教育改革的进程，推进奥林匹克文化在高等学校的传播与发展，作为一个里程碑，2008 年奥运会将迎来中国高等教育面向世界体育的一次剧烈变革。高校的特殊地位和大学生的特殊作用表明，在高校中开展奥林匹克教育，不仅对传播奥林匹克精神，发扬中华民族的先进文化，吸收外国的优秀文化，建设反映时代特征的有中国特色的社会主义新文化，促进人的和谐发展和社会进步具有重大意义，而且可以丰富大学体育教学内容，促进德育、智育、体育等有机结合，寓教于体，全面提高学生的综合素质。因此，高校应成为也完全可以成为传承奥林匹克文化的主阵地。

（三）和谐校园的标准

　　和谐发展的人像一颗种子，只有在和谐的校园里才能孕育出来。那么，如何建设和谐的校园呢？如果把和谐的校园比作一棵参天大树，优美和谐的环境就是这棵大树的根本，良好的校园人际关系就是它的枝叶，而丰富的校园文化，就是它的精髓所在，灵魂所在。

优美的校园环境（图5.4）是和谐的根本。首先，校园的自然环境应是和谐优美的。如果孩子跨进校园所看到的一切，所接触的一切，处处是俯拾不完的美丽，身心自会有言说不尽的愉悦，思想也会无止境地翱翔。唐人有诗云："山光悦鸟性，潭影空人心。"回首我国古代书院大多依山傍水，就是为了"借山光以悦人性，假湖水以静心情"。在绿草如茵、鸟语花香、亭榭交错、山水相映的校园环境里，学生会潜移默化地受到美的熏陶，放飞美的心灵。我们附中校园虽然不大，但各种花草树木构成了一道独特的校园风景线。教室窗外令人沉醉的绿意，不仅能给人以美的陶冶，也能给人以智慧的启迪，以及由此感受到的无穷的希望和力量。

图5.4　优美和谐的校园环境

当然，校园环境不仅包括自然环境，还应当包括师生创造的人文环境。一帧帧醒目的优秀学生照片、一篇篇精心挑选的佳作都可以融入校园环境的建设。尤其当校园环境浸透着每个师生的汗水，凝聚了每个师生的智慧，就更能激发每颗心灵的自豪感和对学校的热爱之情。"景美则心旷，心旷则神怡，神怡则智清，智清则学佳。"一个净化了的环境，会使人的心灵美化，并激起一种奋发向上的自尊自爱的意识。所以，一个和谐的校园首先应该拥有优美和谐的环境。

其次，只有良好的人际关系的校园，才能称得上是和谐的校园。教师对学生无私的爱是师生关系融洽的前提。有人说："凡是教师缺乏爱的地方，无论品格还是智慧，都不能充分地或自由地发展。"教师只有真诚地爱着学生，真切地关注每一个学生的成长，才能赢得学生的尊敬和爱戴，学生才能在和谐的校园里健康成长。"学高为师，身正为范。"有人把教师比作学生的第一盏灯，教师的一言一行都是学生学习的榜样，所以教师自身应该做一个和谐发展的人。身为教师，还应引导学生彼此用心营造一种充满真情与关爱的氛围，当一个学生遇到困难时，大家都能伸出援助之手，给幼小的心灵以温暖的慰藉，给平凡的日子以真切的感动……

　　一个和谐的校园，还应有千姿百态、意蕴丰赡的校园文化（图5.5，图5.6，图5.7）。没有丰富的校园文化，学生的精神世界就是空虚的，毫无生气的。学生不是流水线上的产品，而是活生生的有血有肉的人；学生不是学习的机器，考试成绩不应成为衡量学生的唯一标准。新课程标准提倡多元化评价，我们就应该看到每个学生的长处，让学生的个性如春天的枝叶一样无拘无束地伸展。在以人为本的教育理念下，我们附中处处为学生创造展现个性和特长的舞台。热爱运动的同学能在"体育节"上一展矫健的身姿，喜欢书画的同学能在"文化节"中尽情挥毫泼墨，擅长表演的同学能在"艺术节"里赢得阵阵掌声……和谐的校园文化是一种巨大的无声的力量，是最优秀的隐性课程。它如"润物细无声"的春雨，能以最深刻最微妙的方式进入学生的心灵深处并产生深远影响。

图5.5　丰富的校园文化（一）

图 5.6　丰富的校园文化（二）

图 5.7　丰富的校园文化（三）

四、和谐家庭

在举国上下共建社会主义和谐社会的新形势下，利用北京奥运会的影响与魅力，弘扬奥运、宣传奥运，把奥林匹克运动所倡导的互相理解、友谊、团结和公平竞争的精神运用到建设和谐家庭关系中，把夫妻关系、亲子关系、赡养关系建立成为理解、友谊、团结的亲情关系。

家庭是社会的基本单位，社会和谐健康发展的前提是家庭的和谐。家庭关系主要指夫妻关系、亲子关系、与老人的关系。在家庭问题上如果能妥善处理这三者的关系，就能建立一个和谐、团结、稳定的现代家庭从而建立和谐社会。那么，如何建立和谐的家庭关系呢？

（一）夫妻关系

家庭暴力、夫妻冷战、分居、婚外同居、离婚等现象大有上升趋势。事实上，这些不良家庭现象最主要是由夫妻的日常琐事引起，由于缺乏相互的理解和尊重，最终逐步恶化。其中，对"理解、友谊、团结和公平比赛"的奥林匹克精神耳熟能详的也不乏其人。但只是人们习惯于把这种精神仅仅局限在运动场上，没有以开阔的眼光去审视它，把它的无限魅力发扬到社会、文化、教育、家庭等每一个领域。正如前联合国秘书长加利所说："奥林匹克精神是对全人类和各种文化的宽容和理解的赞歌。它主张在相互尊敬的前提下开展竞赛，奥林匹克是一座民主的学校，奥林匹克运动的精神和联合国的根本宗旨之间有着天然的联系。"当然，奥林匹克精神以博大的胸怀，宽容和理解各种文化的剧烈矛盾和冲突。有着悠久历史文化传统的中国，由于传统夫权制家庭思想的影响，女性的弱势地位没有根本改变，这是现代夫妻矛盾的历史根源。作为夫妻不仅有感情基础，而且受法律保护，并且夫妻矛盾无非就是日常琐事所引起，如两人的生活习惯、思想观念等方面的摩擦，这种摩擦和国际上剧烈的民族矛盾、文化冲突、政治对抗相比可谓微不足道，何不以博大的奥运精神理解与宽容对方的权利、选择、自由、甚至是缺点呢？夫妻关系不仅受法律保护和社会道德规范约束，也需要相互理解和宽容，在感情之上也有友谊，相互帮助、相互信任、相互支持。奥林匹克精神的博大，大而言之，和联合国的根本宗旨之间有着天然的联系，致力于世界和平；小而言之，夫妻的理解与信任，致力于家庭团结，利于社会稳定。

（二）亲 子 关 系

父母过分溺爱孩子、家长制作风、片面追求孩子学习成绩等现象在不同家庭以不同程度和不同形式出现，应引起家庭和社会的高度关注。

1. 平等与沟通

奥林匹克精神所倡导的理解、友谊、团结，就是以平等为前提，只有在平等的基础上才能理解、交流、沟通和竞争。那么，在现代家庭中，由于中国几千年的封建传统思想的影响，"父为子纲，夫为妻纲"等思想仍然存在。事实上，现代的父子、夫妻关系和家庭成员之间应顺应时代潮流和奥林匹克精神，首先在家庭内部讲求平等，父子和夫妻之间地位平等，并不能因为年长辈尊而剥夺孩子的兴趣、权利和自由。如《弟子规》中说"父母呼，应勿缓；父母命，应勿懒"。可以说当前的中国家庭教育仍是如此。无论孩子在做什么，只要父母呼应该随叫随到。事实上，父母没有考虑孩子的自由，他们是独立个体，当他们正在专注地做一件事，哪怕是在玩玩具，作为父母都应该尊重孩子的选择和自由，这是孩子的权利，父母不能随意剥夺。当然，可以一种平等的态度和商量的口气问"可以打断一下去做其他的事情吗？"这一点恐怕大多数家庭做不到。再者，父母的要求孩子一定要遵照完成吗？并且要求一定正确吗？遗憾的是，如果孩子没有按照父母的要求去做，便是不听话，不是乖孩子，进行否定；相反，如果按要求做了，就给以肯定、表扬、鼓励。孩子从小就是在别人的指使和要求下做事，并建立固定的条件反射———听话就是好孩子。中国这种传统的养育子女的习惯已经严重抑制了孩子的创新精神和创造力，缺乏独立做事和独立思考的机会，也缺乏鼓励孩子具有独创意识的家庭教育环境。

当前已经是第二代独生子女，爸爸妈妈、爷爷奶奶、外公外婆全部精力为一个孩子的学习、生活服务，只要长辈能代劳的，孩子都不用考虑和担心，一切都安排好了。如音乐、美术、舞蹈、书法、英语等特长班都报名了，孩子一天的时间安排得满满的，真可谓没有虚度光阴。可是，这些特长符合自己孩子的兴趣、爱好和能力吗？当然是和孩子缺乏平等沟通，很大程度上是家长的一厢情愿。难怪有些孩子以故意破坏学习器具、装病等手段来应付家长的强迫学习。试想在这样的教育思想指导下，孩子的自由何在？平等何在？创造力又何在？这在现代家庭教育中带有极大的普遍性。尽管中国人对北京奥运会给予极大关注，也非常喜欢看奥运比赛，对奥运精神的"理解、友谊、团结和公平"可谓朗朗上口，但并不真正的理解其内涵，在现实生活中，起码在家庭教育中，家长并没有把奥运精神的精华融入个人思想和行为之中。

所以，借助北京奥运会的东风，大力宣传和弘扬奥运精神———理解、友谊、团结和公平。使博大的奥运精神深入人心，使"理解、友谊、团结和公平"融入社会生活的各个领域。大者，地区冲突、民族矛盾、商业竞争；小者，村规民俗、家庭矛盾、个人好恶。所以，在家庭教育方面，真正为了孩子的前途，为了培养孩子的创造力和个性的发展，现代家庭成员应建立一种平等前提下的交流与沟通，尊重孩子的兴趣、权利、自由和选择，理解他们的内心需要、态度和能力，注意引导并培养孩子独立发现问题、解决问题的能力，进而培养其创造力。孩子是祖国的未来和希望，需要接受良好的教育，教育需要学校教育和家庭教育的有机结合，共同促进孩子多种能力的发展和提高。

2. 理解与友谊

在现代的家庭教育中，如果父母在对待孩子学习成绩的问题上，把奥林匹克"理解与友谊"的精神作为家庭教育的指导思想，就可能把今天某种机械、苍白、扭曲、甚至是无知的家庭教育变得真正现实且富有人性。望子成龙的年轻父母们都希望自己的孩子在班上、在学校是最优秀的，容不得孩子的80分、90分、甚至是98分，非要求100分不可，追求完美。所以，当孩子突然在一次考试中没考好时，最大的恐惧和担心就是怕父母生气。其实，孩子学习是在为个人的前途和未来努力，而不是在为父母学习。学习态度和动机本身已经发生了错位，并且给孩子学习带来极大的心理压力。这就要求家长在对待孩子的学习成绩问题上，首先要理解孩子，肯定当前取得的成绩，在平等的基础上和孩子建立起真正的友谊父母和孩子双方成为好朋友，才能深入孩子的内心世界，找到造成当前学习成绩下降的根本原因，提出建设性的意见和改进措施。有道是"没有不好的孩子，只有不好的教育"。

3. 公平与竞争

由于中国家长对孩子过分关爱，造成孩子不能吃苦、缺乏意志、依赖性强、缺乏独立解决问题的能力等弱点，这些在连续多年的"中日儿童探险夏令营"活动中表现突出。伟大的教育家马卡连科也说："父母对自己的子女爱得不够，子女就会感到痛苦，但是过分的溺爱虽然是一种伟大的情感，却会使子女遭到毁灭。"因此，在现代家庭教育中，要把奥林匹克"理解、友谊、团结、公平比赛"的精神融入孩子的思想。不仅仅是竞技场上发扬敢于拼搏、胜不骄败不馁的精神，还指对自己的事业、理想、追求永不满足，在人生的旅途中不断超越自我、勇往直前、永不言败，永远保持饱满的热情开拓进取。歌德说过"生活在理想世界，也就是要把不可能的东西当作仿佛是可能的东西来对待。"任何理想都是对现实的一种超越。永不放弃对优胜的追求以及对追求过程的积极认可，因为在追求中体现着人类最可宝贵的超越精神，也只有在努力追求或者说在参与竞争的过程中，才真正没有人生最高意义上的失败者。

1908年第四届伦敦奥运会期间，于7月19日在伦敦圣保罗大教堂举行的奥运会宗教仪式上，由美国宾夕法尼亚州大主教主持讲道，他说："在奥运会中最重要的不是取胜而是参与，正如在人生中最重要的不是大功告成而是顽强奋争，这里的根本问题不在于实现征服而在于尽力拼搏。"这段富于哲理的隽永话语深受顾拜旦的赞赏，他在引用这段话后还做了精辟的解释："生活中重要的不是凯旋而是奋斗，其精髓不是为了获胜而是使人类变得更勇敢、更健壮、更谨慎和更落落大方，这是我们国际奥委会的指导思想。"顾拜旦号召人们将这些铿锵有力的词句铭记在心，因为他相信，这种思想"将扩展到每一个领域，形成一种清澈健康的哲学基础"。

参与竞争重于获取优胜，根本的问题不在于实现征服而在于尽力拼搏，在任何意义上优胜都是暂时的，而竞争却是永远不可能停止的。通过对竞争的参与才有可能不断地取得优胜，即便始终远离优胜的目标，但参与竞争仍然可以使人变得比先前更快、更高、更强。如此的教育可谓是一种崇高的教育，一种健康、豁达、积极的人生观、价值观教育，远远超出一般意义上的传统教育。

（三）赡 养 关 系

当前"空巢"现象日益严重（图5.8），老人孤独、情感寥落。他们真正缺乏的不是物质享受，而是传统的儿孙满堂、天伦之乐。当然现代社会的生活方式

图5.8　孤独的空巢老人

和节奏已经很难有儿孙绕膝、天伦之乐的根基和前提，而是以三口之家为主的现代家庭模式。尽管事业要发展、子女要教育，但老人需要的并不仅仅是物质和生活费，而是亲情、感情和心理慰藉。因此，要以奥运精神的豁达来理解老人的需要，关爱和善待老人，常回家看看，在亲情的基础上建立友谊，不仅仅是血缘上的爸爸妈妈、爷爷奶奶，也是知心朋友。因此，家长应通过自己的言传身教、耳濡目染、潜移默化教育下一代，尊敬老人、关爱老人、善待老人。

1. 理解和尊重老人选择的生活方式

如老人选择的老年大学、打牌、游泳、旅游、赞助贫困学生等生活方式，虽然会有一定的消费支出，但作为子女都希望老人能快乐度过每一天，拥有一个安详、幸福的晚年。老人既然能做出这样的选择，必然是其心之所想、意之所愿，在这些活动中丰富其生活、愉悦其身心、调节其情趣，自然有健康的身体和良好的心态。因此，应以豁达广阔的奥运精神理解和支持老人选择的生活方式。

2. 理解和尊重老人选择生活伴侣

人至暮年，终又偶丧，又没有和子女一起生活，精神会极度空虚，老人可能会有再度寻找生活伴侣的想法。当然也有不少老人已经做出选择，因为老人也同样有追求幸福生活的权利，有权选择自己的生活。作为子女应当理解和支持老人的选择，并有让老人幸福生活的愿望，有时只是受传统观念的束缚，怕老人再婚会引起社会的议论，事实上并不违背国家法律和社会道德规范，作为子女都应理解和支持其生活选择，使老人感到子女的豁达、生活的幸福和社会的温暖。

奥林匹克运动提出的"理解、友谊、团结和公平比赛"的精神，能够让来自全世界不同肤色、不同文化、代表不同政治派别、具有文化冲突和民族矛盾的运动员、教练员放弃所有的矛盾和冲突，遵守相同的竞赛规则，相互理解，建立友谊，相互团结，展开公平竞争，共同致力于奥林匹克运动的健康发展。奥林匹克运动倡导的奥林匹克精神能够化解有时联合国也不能调和的地区冲突和民族矛盾，具有如此神奇魅力、宽广豁达、博大精深的奥林匹克精神，我们应该充分利用2008年北京奥运会这一难得的、珍贵的历史机遇，通过各种媒体和学校教育系统全面、系统、深入地宣传奥林匹克精神，使"理解、友谊、团结和公平比赛"融入社会、政治、经济、文化、民族、家庭、教育等每一个领域、每一个层面，使人与人之间、家庭之间、行业之间、地区之间相互理解，彼此建立友谊，相互团结与公平竞争，在建立和谐家庭的基础上共建美好和谐社会。

五、和谐个人——我参与、我奉献、我快乐

（一）礼让——首都城市文明的缩影

2007 年 3 月 11 日，北京迎来了第二个排队日（图 5.9）。数万名志愿者走上公交、地铁站台等公共场所，引导市民自觉排队候车，宣传公共秩序文明。

图 5.9 排队礼让迎奥运活动

在公交车永安里站，奥运会冠军董炯身披志愿者绶带，满面春风地对排队上车的乘客说："谢谢您，希望您做排队日的宣传者。"在接受记者采访时，他说："自觉排队，文明礼让，是展示首都城市文明的一扇窗口。如果每个市民都能从小事做起，从维护和遵守身边的每一个规则和秩序做起，北京奥运会肯定会为世

界人民留下一个美好的印象。"

在翠微路口站台，中国科学院院士匡廷云现场报名，成为一名志愿者。她不停地挥动一面"自觉排队、礼让光荣"小旗，指挥乘客排队候车。匡廷云说："有序排队，建立良好的公共秩序，是中华文明的体现，也应该是和谐社会的内容之一。"中国地质大学党委副书记刘志方也特地来到现场感受排队日："勿以善小而不为，自觉排队事小，但是文明礼仪事大，关键是要知行合一，用行动支持奥运会。"

在雍和宫东行公交站台，记者看到市优秀文明乘车监督员梁闰明和他的三位同事，正挥舞三角旗，热情、主动引导乘客有序上车。十多人的队伍，只用一分多钟就井然有序地上了车。梁闰明介绍说："现在多数乘客都会自觉排队，不像以前就是五六个人乘车，也要花几分钟去挤。"梁闰明每天早晚客流高峰值班，雷打不动坚持了四年，有个头疼脑热也硬扛着。梁闰明说："看到北京的乘车秩序一天天好起来，自己再累再苦，都是值得的。"像梁闰明这样的文明乘车监督员，北京有 4618 名，他们分布在全市 2053 个大大小小的站台，勤勤恳恳地在公交站台上维护着文明秩序。

以前，乘车加塞儿、不排队，公共场所拥挤，是首都市民深恶痛绝的陋习之一。首都精神文明办针对这种情况，开展"排队推动日"活动，把每月的 11 日确定为排队推动日。首都精神文明办负责人说，之所以把每月 11 日确定为排队日，意为两人以上就应像"11"一样顺序排列。今后，这个"11"排队标识将出现在医院、商场、卫生间、银行等各种公共场所，让人们一抬头就能看到温馨提示：请您自觉排队。

为了建立优良的公共秩序，几年前，北京就将文明乘车作为突破口。首都文明办副主任、新闻发言人郑默杰介绍说："2004 年，从石景山的公交站台开始试点排队候车，经过两年多努力，目前全市 1200 多个站台实现了排队候车。通过'排队推动日'活动，我们将尽早使五环内的 1805 个站台全部实现排队候车。"郑默杰告诉记者，公共场所自觉排队不仅让每个市民都参与其中，让文明建设"看得见、摸得到"，而且能直截了当地展示一个城市的文明风尚。

从文明乘车开始，人们的公共秩序意识得到明显提高。家住天通苑的杨小姐每天都要乘坐城铁和地铁赶到建国门上班，说起排队深有感触："以前乘坐地铁，心里都发憷，大家看到车来了，就一窝蜂涌到车门，里面的出不来外面的进不去。现在大家都自觉排队，不仅又快又有序，而且心情也舒畅多了。"不仅在公交车站，在地铁购票口银行、超市等许多地方，人们都自觉排着队，耐心等候着。自觉排队这道美丽风景，让北京更多了一分风采。

（二）人人都是志愿者

2007 年 2 月 20 日上午，北新桥街道社区的小学生以朗诵的形式向过往居民宣传奥林匹克知识。这天一大早，作为"迎奥运诗歌大家诵"活动的主角，唐子豪和孙一洪就结伴来到位于篦街的城市志愿者服务站点。他们今年刚 10 岁，是年龄最小的奥运城市志愿者。他们通过朗诵的形式，利用一些朗朗上口的宣传口号、标语、诗歌，向社区居民和过往行人宣传普及奥林匹克知识。因为没有统一的红色志愿者服装，他们还各自从家中找来了红色的帽子。"这些诗歌和奥运小知识，是志愿者姐姐和我们一块找的，平时我们都自己排练，分配角色。"孙一洪说。虽然他们年纪小，许多工作做不了，但可以通过自己的方式宣传奥运。

据统计，目前北京活跃着超过 70 万人的志愿者队伍，他们用自己的真诚微笑、文明行为引导更多市民加入到精神文明建设中。首都师范大学二年级学生小吕说："作为一名志愿者，在参与文明礼仪宣传活动时，能更深体会'我参与、我奉献、我快乐'。感觉自己正和这个城市的脉搏一起跳动。"

在第 11 届国际田联世青赛比赛期间，一群身着红色 T 恤、头戴白色遮阳帽的年轻人，活跃在组委会、赛场内、新闻中心……这些志愿者组成了赛场上一道道火红的风景。在电话问讯中心，65 岁的沈叔钰和老伴儿一起在这里工作，他们是所有志愿者中年龄最长的两位。由于老伴儿是美籍华人，所以老两口儿说得一口标准的美式英语，老伴儿朱皋玲还能说流利的德语。在世青赛开幕前几天，沈老便开始搜集资料，并且跑遍赛场周边所有的公交车站，记录下公交站名和车首末班时间，利用休息时间编写了一本《电话问讯中心志愿者手册》。在这本 60 多页的手册中，除了记有比赛时间、联系电话、地图等常见内容，还详细记录了哪里可以买纪念品、哪里有酒吧这种有关北京旅游的问题解答。

2006 年年 8 月 18 日，北京市委书记刘淇到世青赛组委会视察工作，他在翻阅《世青赛志愿者工作手册》后，说："志愿者的工作不仅辛苦而且非常重要"，并欣然在志愿者工作日志上题词："志愿者的微笑是北京最好的名片"。世青赛上 1224 名志愿者，分布在机场、驻地、赛场、训练场地等重点区域，涉及翻译、陪同、接待、竞赛、宣传、医疗、技术、场馆、交通、安保 10 个服务领域，他们用自己的微笑，向来自世界各国的运动员和记者递上一张张最甜最美的"名片"。

北京奥运会、残奥会志愿者招募工作自 2006 年 8 月 28 日启动以来，社会各界反响热烈，参与的积极性非常高。北京奥组委志愿者部有关人士透露，目前总的报名人数已经超过了 35 万人。让人感受最深的是各界人士参与奥运、奉献奥运的热情。比如，现在申请人中有很多是各大院校的老专家、老教授，他们的经验都非常丰富，梦想成为奥运会的志愿者。

（三）文明观赛——文明素质的一面镜子

2005 年 7 月的一天，尽管下着中雨，依然阻挡不了狂热的球迷前往工人体育场，他们是来观看北京现代队对皇家马德里队的比赛。球迷张忠和几个朋友是北京现代队的铁杆球迷，他们早早地就赶到了工体。与以往不同的，他们几个手里拿着垃圾袋，准备赛后收拾垃圾用。看到下雨，张忠和朋友们一起从车上拿了几条毛巾。到了看台，几个人就忙活起来，把淋湿的座位都擦得干干净净。随后而来的球迷看到他们想得这么周到，特别感动。中青队原外籍主教练克劳琛碰巧也到这里来看球，见到擦得干干净净的座位，直冲张忠竖大拇指，还通过翻译说，"北京球迷真棒"。北京球迷协会会长王文介绍说，球迷协会在册的 4000 多名球迷，都签订了文明观赛承诺书，表示要遵守场规场纪，做文明球迷。

一届成功的奥运会不仅需要高素质的人才，还需要有高素质的观众。看足球的人都知道，从甲 A 到中超，甚至国际比赛，"京骂"是球迷在看台上的一大恶习。为改变比赛现场这些不文明现象，近几年来，首都文明办发放文明观赛手册，明星代言文明观众，组织"绿色拉拉队"、评选"文明球迷"等活动。2006年，文明办还想出了一个因势利导的办法，在每场大型足球比赛的间隙，邀请一位演艺明星演唱文明礼仪歌曲，带动现场气氛，引导球迷自觉遵守文明看球公约。

目前，北京球迷已经能做到赛前奏国歌自觉起立，退场不留垃圾，不文明的"京骂"也明显减少。过去加油助威的声音参差零落，现在有"绿色狂飙拉拉队"身着统一服装、手势整齐划一、统一高喊口号，很多球迷受到感染，自觉参与其中。

绿色狂飙拉拉队是 2004 年由首都文明办、团市委创办的，队员都是北京国安足球队和中国队的忠实球迷，也是"创建文明赛场"活动的主力。张京是拉拉队的骨干，他说："在观看中超比赛时，球迷骨干以身作则，用行动带动其他球迷文明观赛。不文明的声音虽然还没有绝迹，但是我们绿色狂飙拉拉队用现场音乐和整齐划一的口号来积极引导球迷文明助威，也对净化赛场起了积极的作用。"

奥运会最受关注的还是比赛文明观赛是体现首都市民和中国人文明素养的一个重要窗口。比如说马术比赛，观看时的最高境界是全场只听到选手及马儿的呼吸声。为了保持马术赛场上良好的环境，要求观看比赛的观众必须保持安静不能高声喧哗，更不能摇摆任何旗帜和饰品。正式的体育比赛是培养懂行观众的最有效方式之一。

2006 年，丰台区抓住女垒世锦赛的契机，编创了沙包打垒游戏，对 12 万现场观众、区内 50％的市民进行了奥林匹克精神和垒球知识培训。2007 年北京举办的"好运北京"测试赛，实施"热情懂行迎奥运赛场活动"，观众在赛场上表现得既热情又懂行。

通过这些活动，观众做到热情懂行、文明观赛。这样，不仅能够营造和谐赛场氛围，更能让观众带着一个好的心情来观看比赛，乐在其中。

如今，走在北京街头留心观察，随地吐痰的人少了，乱按喇叭加塞儿的汽车少了，公交站台排队候车的人多了……现在"我参与、我奉献、我快乐"，成为市民中流行度很高的一句话，首都市民在热情参与奥运的过程中，也在明显提升着文明素养。

文明风来满城春，"人人东道主"的局面正逐步形成。一个城市的文明程度，由市民的文明素质凝聚而成。在首都市民参与奥运的过程中，我们看到一个个城市文明的缩影。我们相约在 2008 年夏天，首都市民将展现给全世界热情友善文明规范、开放进取的良好精神风貌，这也将是奥运会留给北京的一份宝贵的精神财富。

参 考 文 献

曹阳. 2006. 北京高校老同志健身表演赛精彩纷呈——"科学健身创建和谐迎奥运800天". 老人天地, (7)

查灿长. 2007. 奥运公益广告述评. 新闻界, (3)

陈大龙, 张明, 黄晓. 2006. 奥林匹克文化与素质教育的契合. 韶关学院学报, (6)

陈乐人. 2007. 为实现"新北京新奥运"战略构想, 为构建社会主义和谐社会首善之区作出贡献. 北京档案, (3)

陈明. 2006. 体育报道如何备战08奥运会. 青年记者, (8)

陈园园. 2006. 2008奥运志愿者初体验. 中国新闻周刊, (36)

揣佳凡, 王红光. 2005. 奥林匹克运动对社会和谐的促进作用. 体育文化导刊, (12)

邓国胜. 2007. 奥运契机与中国志愿服务的发展. 北京行政学院学报, (2)

邓敬雷. 2007. 论构建社会主义和谐社会的思想文化源起与内涵. 辽宁行政学院学报, (8)

韩新君. 2006. 试论奥林匹克精神与校园精神文明建设. 吉林体育学院学报, (1)

何兴煌. 2007. 迎奥运 讲文明 树新风——第三批播出的"迎奥运 讲文明 树新风"公益广告作品新鲜出炉. 广告人, (6)

胡湖. 2007. 大学校园体育文化与奥运精神的传承. 浙江体育科学, (3)

黄克宇, 赵涛. 2006. 奥运会志愿者与构建和谐社会. 新视野, (5)

黄璐, 邱新宇. 2006. 论2008年北京"和谐"奥运. 山西师大体育学院学报, (3)

贾鹏, 何方. 2007. 面向北京奥运的体育传媒. 新闻前哨, (4)

江和平. 2006. 全面出击 梦想成真——全方位立体化报道2008奥运会. 现代电视技术, (4)

孔繁敏. 2005. 论奥林匹克文化的交融、内涵与创新. 体育文化导刊, (5)

李传柱. 2007. 深入开展"迎奥运、讲文明、树新风"活动, 为北京奥运会创造文明和谐的人文环境——访中共中央政治局委员、北京市委书记、北京奥组委主席刘淇. 求是, (8)

李春华. 2007. 构建社会主义和谐社会的内涵及意义. 大庆师范学院学报, (3)

李慧林, 王润斌. 2006. 奥林匹克精神与现代和谐家庭关系构建. 体育科技, (2)

梁朝晖, 王力军. 2007. 浅析我国媒体对奥运的传播导向. 牡丹江师范学院学报 (自然科学版), (3)

梁蕾, 杨意青. 2003. 论举办奥运会与促进精神文明建设的关系. 首都体育学院学报, (1)

刘春燕, 白少双, 赵斌. 2007. 论北京奥运与中国传统"和谐"思想. 安徽体育科技, (2)

刘玲. 2006. 高校应成为传承奥林匹克文化的主阵地. 遵义师范学院学报, (5)

刘庆谊. 2007. 奥林匹克精神与当代大学生身心和谐发展. 甘肃科技纵横, (1)

刘树民, 韩志霞. 2007. 我国高校开展奥林匹克教育的思考. 吉林广播电视大学学报, (3)

刘艳霞. 2007. 和谐思想与北京2008年"人文奥运". 龙岩学院学报, (3)

马岳良．2003．更干净、更人性、更团结——对奥林匹克新格言文化内涵的探析．体育文化导刊，（1）

欧阳柳青．2004．论指导奥林匹克运动持续发展的格言——从"更高、更快、更强"到"更干净、更人性、更团结"的理性思考．武汉体育学院学报，（4）

潘杰．2006．论奥林匹克精神与高校精神文明建设．郑州铁路职业技术学院学报，（2）

裴东光．2006．奥林匹克教育真情互动——人性美丽的讴歌．体育教学，（4）

齐之英，孙悟群．2007．迎奥运　促发展　构和谐．环渤海经济瞭望，（10）

祁峰，郑义．2006．传播北京奥运理念 促进和谐社会建设．周口师范学院学报，（5）

秦宣．2007．论和谐社会的科学内涵．马克思主义与现实，（1）

任海．2006．以和谐奥运促进和谐社会的构建．体育文化导刊，（12）

任海．2001．奥林匹克号角为青年而吹响．中国青年研究，（5）

任勤．2007．浅析和谐社会理论的内涵．达州职业技术学院学报，（Z1）

沈海伦．2006．奥林匹克文化在高校的传播现状研究．文教资料，（33）

视宣．2007．为奥运祝福 为和谐欢歌——中国文联、中国视协新春前夕慰问奥运场馆建设者．当代电视，（3）

苏雄．2005．论奥林匹克教育与建设和谐社会关联性．吉林体育学院学报，（4）

孙江，陈茂战，邹佐新．2006．志愿者服务主义和多元文化主义与奥林匹克运动．体育文化导刊，（7）

谭维克．2007．实现奥运战略构想 建设宜居和谐海淀．前线，（5）

万晓红．2007．现代奥运报道对奥林匹克精神的异化与背离．武汉体育学院学报，（6）

王东红，王国坛．2007．奥林匹克精神与和谐社会的契合．理论界，（8）

王梅，林小波，陈睿等．2007．奥运北京　和谐北京——写在北京市"两会"胜利闭幕后．中外企业文化，（5）

王青原．2007．人文奥运中的和谐意蕴．道德与文明，（1）

韦傲．2006．八成北京人愿作2008残奥志愿者．中国残疾人，（10）

吴风．2004．CCTV雅典奥运会报道的传播学解读．电视研究，（10）

吴军．2007．现代奥运会对我国电视报道方式的影响．新闻实践，（9）

吴荣顺，代晓艳．2007．谈北京奥运与人的和谐发展．南京体育学院学报（社会科学版），（1）

肖焕禹，陈玉忠．2003．奥林匹克运动与人类社会和谐发展的新理念探析——解读北京奥运三大主题．上海体育学院学报，（1）

肖伟君．2006．试论北京的人文奥运与构建和谐社会．广州体育学院学报，（4）

辛娅．2007．奥林匹克理念与精神．新天地，（10）

徐启刚，王兴泽．2007．在青少年价值观教育中渗透奥林匹克精神之探析．时代文学（理论学术版），（5）

袁懋栓．2007．筹办奥运与共建共享和谐社会．投资北京，（9）

张大力．2007．奥运促进发展 实现和谐丰台．前线，（5）

张钢花．2007．体育新闻报道如何体现和谐之美．青年记者，（7）

张国荣．2006．真情善待 共建和谐——北京市政集团关心民工生活、关爱外施队伍．建筑，（5）

张江南，李保存，张亮. 2007. 电视传媒与现代奥林匹克运动的和谐共生. 新闻界，(1)

张强. 2007. 论大众体育与和谐社会的融合. 体育世界（学术版），(7)

张勇. 2005. 紧抓奥运机遇　着力结构调整　北京：将建成和谐社会的首善之区——专访北京市委副书记、市长王岐山. 中国报道，(6)

张枝梅. 2007. 秉承奥林匹克精神 构建和谐文化. 湖北广播电视大学学报，(2)

赵恒新，刘孺霖. 2007. 论和谐社区的构建. 承德民族师专学报，(4)

周晨光. 2006. 奥林匹克教育是精神与财富的宝藏. 教育科学研究，(12)